当代中国生态文学读本

20 屋顶有群星

Stars on the Roof

远人 主编

四川文艺出版社

图书在版编目（CIP）数据

屋顶有群星 / 远人主编. -- 成都：四川文艺出版社, 2020.12
（当代中国生态文学读本）
ISBN 978-7-5411-5847-6

Ⅰ.①屋… Ⅱ.①远… Ⅲ.①中国文学－当代文学－作品综合集 Ⅳ.①I217.1
中国版本图书馆CIP数据核字（2020）第215953号

WUDING YOU QUNXING

屋顶有群星

远　人　主编

出 品 人	张庆宁
责任编辑	陈雪媛
封面设计	远人工作室
内文设计	史小燕
责任校对	段　敏
责任印制	桑　蓉

出版发行	四川文艺出版社（成都市槐树街2号）
网　　址	www.scwys.com
电　　话	028-86259287（发行部）　028-86259303（编辑部）
传　　真	028-86259306
邮购地址	成都市槐树街2号四川文艺出版社邮购部　610031
排　　版	四川胜翔数码印务设计有限公司
印　　刷	成都勤德印务有限公司
成品尺寸	165mm×235mm　　开　本　16开
印　　张	15.25　　　　　　　字　数　200千
版　　次	2020年12月第一版　印　次　2020年12月第一次印刷
书　　号	ISBN 978-7-5411-5847-6
定　　价	48.00元

版权所有·侵权必究。如有质量问题，请与出版社联系更换。028-86259301

人文 | 自然 | 品质

主办：深圳市光明区文学艺术界联合会

顾问：王晓华

主编：远　人

编委：陈　瑛　余巍巍　汪破窑

序

屋顶有群星

◎远 人

到今年，荷兰画家凡·高已辞世一百三十年了。这位生前知音罕见、死后才享哀荣的伟大画家如今在全球无人不知。即便一个对美术不抱关注的人，也知道凡·高笔下的向日葵，知道他那幅惊心动魄的《星夜》。

很少有人知道，凡·高画下《星夜》的地点，竟然是在圣雷米精神病院内。当时的画家经历了他的割耳悲剧，经历了被所有人抛弃的巨大痛苦。很难想象，一个被视为疯子的人会画出一幅旷世之作。在今天来看，这幅画给人的震动，就在于画面呈现的不是简单的宁静星夜，而是整个宇宙的激情喷涌。没有谁真能目睹到宇宙的激情，但我们知道，宇宙时时刻刻都在运动，就像人的生命时时刻刻都在运动一样。运动不是单纯的肢体舞蹈，真正的运动恰恰是无法目视的内在翻涌。

就这幅画而言，我们看见的果真是星夜吗？既是，又不是。说是，因为它的确在呈现夜空中难以目睹的深处激情；说不是，因为它真正所代表的，是凡·高的个人内心在疯狂地旋转。但我们同时不能忽略，这幅画除了巨龙般绞合的庞大星群，还有一株呈火焰状腾空而起的丝柏树，在画面右下端，散布着一座微型教堂和零星房屋，它们像是即将被身后巨浪样起伏的蓝色群山吞没。

每次面对这幅画，我总会仔细地去看下端那些最不起眼的小小屋顶。恣情旋转的星群就在这些屋顶之上。有屋顶，就意味着有人。大自然包含星空，但只有人的出现，大自然的一切才被赋予意义。凡·高生前没有被世人承认，和他的人物画相比，描绘大自然的画作数量远超前者。我们可以说凡·高对大自然有天生的热爱，或者也可以说，凡·高在人那里，尝尽了世间的冷漠和冷酷，他有理由将自己的目光全部投入大自然。在后人眼里，也很自然地将这幅《星夜》视为纯粹的描绘大自然之作，但在那些屋顶的落笔中，我极为意外地发现，无论凡·高多么热爱大自然，他没有忘记人与大自然的相互作用和意义。这其实是一颗伟大心灵最自然的流露——大自然的壮丽和雄奇，终究会召唤人，人也终究会知道大自然的全部壮阔，因为最激动人心的星空就在人生活的屋顶之上。人没有理由不去仰望让生命获取意义的壮美。生命中没有这种美，人也就会失去心灵的震动。

没有谁不需要心灵的震动，没有震动的心灵是麻木的，麻木的心灵既进入不了大自然，也体会不了生命的意义。凡·高经历虽然悲惨，但终究为世人描绘了大自然与生命的意义，或许，这就是凡·高能迈入不朽的原因之一，也使我们再三思索生命的意义，思索大自然的意义，思索二者相辅相成的意义。

2020年7月31日于深圳

目 录

CONTENTS

小 说

陈　武 / 编辑部的咳嗽	003
文　卿 / 老白的碎片	035
刘起伦 / 徐春桃是谁？	047

非虚构

洪忠佩 / 大湖镜像	059
王小忠 / 光阴下	072
程　远 / 朋友们	086

翻 译

［英］多丽丝·莱辛　杨振同 译
两个陶匠　　　　　　　　　　　　　　105

艺 术

李颖超 / **无情诗人多情诗**   125

于爱成 / **自他无别，同体大悲**   137

特 稿

汪树东 / **诗意栖居与生态理想**   147

光 明

汪小说 / **迷惘在夜色中安睡**（小说）   171

胡笑兰 / **天峰禅心**（散文）   179

冼 莼 / **七律抒怀**（组诗）   186

文本与绎读

老房子 / **风吹来布谷鸟旷远的秘密**（组诗）   195

辛泊平 / **当他在说鸟鸣的时候究竟是在说什么**   222

小说

陈　武／编辑部的咳嗽
文　卿／老白的碎片
刘起伦／徐春桃是谁？

编辑部的咳嗽

◎陈 武

咳 嗽

我们民营文化公司的编辑部,工作性质和其他形形色色的编辑部差不多,人员结构也都是清一色的年轻人,既单纯又复杂(单纯是因为年轻,复杂也是因为年轻),不同的是,人员流动性大,几乎每个月都会发生人事变动。

这天一上班,我就看到正在电脑前工作的俞文雅神色不对——看似紧盯着电脑屏幕,一肚子的心事却显露无遗,完全失去了往日的庄重,失去了庄重中掩饰不住的美艳。不是我生性敏感,是俞文雅的表情过于特殊,介于严峻、生气和愁苦之间——眉宇紧锁、凝重,眼神呆滞、焦虑,甚至充满疲惫和惊惧,说是狰狞也不为过。这样的神情,怎么相信她是在工作呢?说是在接受折磨似乎更准确。但她确实是在工作——审稿,这一点,我深信不疑。

俞文雅平时不是这样的。俞文雅平时虽然喜欢长时间沉默不语,也无夸张的姿势,总体上,都是在认真工作。不多话,不乱走,安安静静,是俞文雅给我们的总体印象。对此,我还在私底里感慨过,一个漂亮女孩,能够成天安坐于办公桌前,非常投入地沉浸在一本本枯燥的书稿中，那要有多大的耐心和专注度啊。

俞文雅今天新换了一件好看的毛衣。我在路上还想，她今天应该穿那件豇豆红色的毛衣了。整个秋天到入冬以来，俞文雅常换的毛衣有四件，一件豇豆红色的，一件鹅黄色的，一件砖灰色的，一件抹茶绿的（还有一件月牙白的，似乎只穿过一次）。前三件毛衣是合体修身的款式，只有抹茶绿的毛衣是休闲款，宽松的袖子，一字形的领子，领子里忽隐忽现着的锁骨，倒是有几分俏皮和风情。今天是周一，在我的记忆里，每个周一，她都穿那件豇豆红色的毛衣，质地似乎也最好，和她白皙、细腻的皮肤非常匹配。但是我猜错了，俞文雅今天穿了一件新毛衣，烟栗色的细线毛衫，也是修身款，颜色和豇豆红差别不大，却更显精致和洋气。新毛衣都穿上了，为什么还愁眉不展、似在生气呢？我只是随意地看她一眼，便被她的情绪感染了，心里也便凝重起来，迅速检点自己上一周的言行，是不是我在哪方面没做好或说了某句不慎的话而得罪了她？我对于上周的记忆比较模糊，粗略地回忆一下，上周我都在赶写那部关于名人书房的长篇随笔，根本没有时间分散注意力，话很少，便确认俞文雅的不愉快和我无关，这才放下心来，同时也好奇她为什么要生气。

就在我整理桌子、打开电脑的过程中，俞文雅咳嗽了一声。

我被俞文雅的咳嗽吓了一跳——她的咳嗽太不正常了，沙哑中带着锣声，仿佛什么东西被强制撕裂，一听就是重感冒而引起的那种干咳。

接着，又咳一声。

她的干咳就像河水决堤，第一声不过是开个头，瞬间便不可遏制，一连串的干咳随之而来，一迭连声，蜂拥而至，停不下来。我能感觉到她干咳时的痛苦，喉咙似乎带着一道道新鲜的血口子。可能是为了缓解痛苦吧，她捂紧嘴，让身体微倾，这样似乎会舒服些。我还感觉到，她的干咳是从肺部挤出来的，一声紧似一声地挤，缝隙很小，咳嗽很大，因而就很憋屈。

像火山喷发后的暂时停息，没过多久，新一轮的咳嗽又来了。

在咳嗽的间歇期，俞文雅努力让自己保持正常的姿态。但咳嗽真是由不得她啊，每一次咳嗽都像经历一次炼狱。当咳嗽停息，靠到椅背上，让自己平静一会儿时，她脸上的红晕才退去，才端起杯子抿一口水。可往往杯子还没有放下，那咳嗽声又更加剧烈地响起。

我和俞文雅并列而坐，中间只隔一个挡板，相距不过尺许，她咳嗽的每一个细节都在我的听觉和视觉范围内，我能感受到她咳嗽时身体里发出的回声，就像荡漾的涟漪，把痛苦一圈一圈地扩张开来。我也被那涟漪淹没了。

"感冒啦？"我终于忍不住，在QQ上问了一句。

"嗯。"她回了一个字。

"可以在家休息啊。"我的意思是养好身体才是重要的。

"怕把你传染了吧？"她的回复似乎误解了我，带有"怼"的成分，完全体现了她的风格和个性。

我一时不知如何作答，明明是关心和问候，明明要表达的不是这个意思，却被她这一句反问问蒙了。我立即回道："不是那个意思啊，身体不好，可以请假的。"

"工作这么多，哪敢请假啊？"她又呛一句。

"吃药啦？"

她不回我了。

"多喝水。"

还是没回。

"多吃水果。"

依然没有反应。

我便没有话说了。我这才意识到，我的话，在她看来，都是废话了。

有很多次了，我试图和俞文雅随便聊聊，但都无法聊下去。她似乎在有意保护自己（拒绝我的关心），不愿透露哪怕关于自己的一点点信息，她的过去、她的家庭、她的爱好、她的学历、毕业的学校、她生活的圈子，等等，都包裹得严严实实。其实，有些信息我想了解也容易，比如她曾做过哪些工作，毕业于哪所高校，包括年龄、婚姻等基本状况，她应聘的个人简历上应该有，只要问一问吴婧就知道了。吴婧是我们图书公司的编辑部主任，公司的编辑都是她一手招的，是个精明而能干的大龄女青年，是公司的中层和骨干，当然也是老板倚仗的人了。但我不想从这个渠道了解，因为这样虽然能得到一些信息，却都是二手的，和俞文雅亲口说出来，又是另外一回事了。况且，我这样去了解一个漂亮女员工的信息，会让吴婧不悦的。

风　波

风波是李志刚引起的。李志刚做排版工作，是个快手。手一快，活就毛糙，手一快，就时常处于"吃不饱"的状态。吃不饱就休工，休工了就无聊。上午十点半时，他改完一部书稿，打印一份大样交给文字编辑核红后，又闲下来了，到处转。他个子矮（不到一米六），帅气，精干，两只小圆眼像鼠眼一样闪闪放光，走路也特点分明，一抖一抖的，像是面前铺着一道道密集的减速带。闲下来的他，果真像在减速带上行车似的，一抖一抖地在几组办公桌的缝隙间走来走去，也像深夜出动的老鼠，警惕中带着鬼祟，然后站到西窗前，眺望长虹桥里侧的三里屯一带，又去看了看考勤器，突然大声说："啊，俞文雅，这周你值日唉！"

李志刚的话在安静的编辑部里一点都不合时宜，或者，纯粹是多此一举。现在才是上午，喊什么？而且，既然不是你值日，更没必要咋呼啊？你又不是主任，算老几？我听着不爽，看他一眼。我看他那一眼是有意味的。我虽然不是主任，身份却是"总策划"，这是个怪里怪调的头衔，因为我并没有策划过什么套系的书，也不行使总编辑的权力，老板却很看重我，有关选题啊、封面啊、插图啊、开本啊、印数啊什么的，都会找我商量，而且，我还是小股东，平时虽然不管日常事务，地位却凌驾于主任之上，简单说，我从总部来到位于东三环的分部，就是老板派来监工的，所以我最有权力向老板提出建议，要是打个小报告，或平时给谁扔只小鞋，对方就难受了。李志刚显然没有意识到这一点，他大声地说过之后，耍酷地抹一下发型，又走到俞文雅身后，眨着亮闪闪的小眼睛，声音虽然比刚才放低了些，却有些调侃："俞、文、雅，哈哈，俞文雅，这个名字有意思，真的很文雅吗？"

"我正式警告你李志刚，从现在开始，别再跟我说话，否则，别怪我不客气！"

李志刚尴尬地笑了笑。

而俞文雅突然地咳嗽，倒是给李志刚的尴尬做了些掩饰。

"老李你要是没有事，可以趴在桌子上休息，也可以出去转一圈，抽烟也行，别影响别人工作好不好？"吴婧也开腔了。

俞文雅一听"抽烟"二字，再次咳嗽起来——她对烟味也是敏感的，虽然她这次咳嗽不是因为屋里有烟味，但对于正在咳嗽的病人来说，烟味可能会诱使更频繁的咳嗽。这不，我也条件反射地感觉到屋里弥漫着一股浓烈的烟臭味了。

我对俞文雅和吴婧的话很满意，觉得李志刚已经是俞文雅讨厌的人了。吴婧的话也有分量，是一个主任的担当。

长虹桥分部的人不多，十一个文字编辑加一个实习生，还有李志刚这个排版编辑，为了方便交流，除了原有的QQ工作群，我又建了一个微信群，有关工作方面的事，大家都会在这两个群里交流，偶尔还会引发讨论。有一次，李志刚还在群里得罪了俞文雅。那天，俞文雅在微信群里问一个版式上出现的反常现象，这个问题谁都可以回答，排版经验丰富的李志刚回答更合适，但俞文雅@了吴婧，显然是不愿理睬李志刚的意思。李志刚却不识趣，抢先发言了——发了个无趣而低级的卡通图，图上是一个怪里怪气的小丑指着一行"懵逼了吧"的字。这简直是对俞文雅的污辱了。俞文雅就是大发雷霆，把他臭骂一顿，都是可以的。但俞文雅没有那样做，她忍住了，采取无视的态度。吴婧赶快@了俞文雅，就她提出的问题进行了通俗易懂的解释。这事本来到这里就结束了，可李志刚的讨厌就在这里，他看俞文雅无视他，也没有人对他的"幽默"表示欣赏，就把刚才的图又一连发了三次。俞文雅依然没有发怒，她只是在群里警告道："从现在开始，请你不要和我说话。"李志刚回了个笑脸，觉得不够，又回了句："不幽默。"

我看了不爽，干脆把李志刚踢出了微信群。

李志刚确实有点拎不清，从工作角度来说，他排版、改版速度确实快，但因为差错率居高不下，编辑们都对他有意见。大家都不反对快，可别错得离谱啊。编辑们辛辛苦苦看了大样，到你手里改红，一本二三百页的书稿，漏改个两三处也是情有可原的，可他往往漏了十来处二十来处，有时一整页上只有一个问题，他也漏改了，为此，经常引起编辑们的不满。有几次明明是他错了，还和编辑强调理由。因此，我同意吴婧的决定，等过了春节，就辞退他。

现在已经是12月末了，马上就到元旦了，还有不到一个月就是春节假期了，我也就懒得说他了。

然而，李志刚没脑子的事还没有完。

在临近中午时，俞文雅订的餐送来了，她把餐盒习惯性地放在自己身边的书柜上。谁都没有注意，就连一向关切整个部门的我都忽略了李志刚的一个行为——他在去饮水机打水的途中，顺手牵羊地把俞文雅的餐盒带到了饮水机边的窗台上，藏在了花盆的后边。十多分钟后，中午十二点了，接下来的一个小时是用餐和休息时间，大家都珍惜这个短暂的午间，会很快把饭吃完，再趴在桌子上休息半个小时左右。可当俞文雅取餐时，发现餐盒不见了。不需要仔细地回忆，俞文雅马上就想到这是李志刚干的，只有他刚刚从她身边经过，也只有他，才能干出这种蠢事来。俞文雅没有说话，她简单环视一下，就看到窗台上花盆后的餐盒的一角了。俞文雅带着情绪把餐盒取回来后，本来准备一声不吭，用无视来教训他，没想到李志刚自己偷乐起来。这显然激怒了俞文雅，她在一连串的咳嗽声后，厉声说："再警告你一遍，如果再惹我，我会报复的！"俞文雅话音一落，再次咳嗽起来。

"咳嗽成这样了，还这么凶！哈哈哈，是不是报复来啦？来呀，报复啊！我倒是要看看你怎样报复！"李志刚可能还沉浸在自己的"幽默"状态里。

"你说呢？你说我能怎样？"俞文雅拿着饭，朝李志刚走去。

吴婧显然更了解俞文雅。她知道俞文雅能把一盒饭泼到李志刚的头上，便立即起身，中途拦住了俞文雅，接过她手里的饭盒，帮她拿回到桌子上了。

"吃饭吃饭。"吴婧笑着哄她，又怒斥李志刚道，"闭嘴！"

我看到俞文雅脸都青了。如果不是吴婧拦住了她，她真的什么事都能做出来的。俞文雅真要把盒饭泼过去，李志刚也是哑巴吃黄连，有苦说不出——谁让你藏了人家的饭。说好听点，是恶作剧；说过分点，就是偷了人家的东西，语言上还充满了挑衅。

我觉得也要表明个态度，便在QQ上跟俞文雅说："这家伙疯掉了，别理他！"

俞文雅没看QQ，她对着饭盒在生气呢。

这时，李志刚被吴婧叫了出去——应该是谈话去了。

我便继续给她留言："看到了吧？吴主任批评他了，别跟他计较，会拉低你的智商。好好吃饭吧，咳嗽那么厉害，要注意身体哦！"

俞文雅还是没有看QQ。她的QQ和我的一样，都是静音，但右下角的提示在不停地闪动，如果她稍一抬头，就会看到的。后来她终于看到了，点开了QQ，看了眼我的话，并没有回复我。

一首诗

我莫名其妙地苦恼起来。我的苦恼和俞文雅有关。俞文雅的感冒咳嗽和不愉快，对我产生了影响。

无所事事的我，下意识地打开电脑上的一个文件夹。文件夹里有十来张照片，全是俞文雅的，是我从她的微信朋友圈、QQ空间等不同的渠道搜集而来的，当然还有几次偷拍。照片上的俞文雅，除了衣着有不同，几乎都是一个表情，沉着而安静，细看还有点肃穆和威严。

我快速浏览一遍照片（不敢停留太长，怕被她发现），发现文件夹里还有一个文档，这个文档我记得，是为俞文雅写的一首诗，我点开文档，重温一遍：

喜欢藏在你的气息里，
并不想让你知道；
喜欢埋在你的心田，
等待春天的到来。
黑夜比黑夜更加漫长，
我在等待天亮。

这首诗写于几周以前，说是为俞文雅写的，不如说是为我写的。当时，所有人都下班了，俞文雅也收拾好东西准备走了。她是除我而外最后一个下班的。她下班的时候,办公室里只有我和她两个人。我想跟她说说话。说什么呢?说什么都行。但事实上,说什么都不行。以前我尝试过,比如我说:"下班啦?"她有时哼一声,有时一声不吭。比如我说:"再见!"她也是哼一声,或一声不吭,感觉多说一个字,就会被我赖上一样,感觉多说一个字,比金子还金贵一样。为此我也探究过,她究竟是怎样的一个人,为什么如此吝惜说话,为什么如此傲娇,为什么如此自以为是。而她有时候和吴婧小声地嘀咕几句,脸上却呈现出丰富的表情。看来她的表情也是有针对的——我知道这样的探究毫无意义,也没有结果。仿佛鬼使神差般,我还觉得她身上有一种神秘的魔力,时时吸引着我的特异的魔力,让我深深地陷入一种单相思的状态中。我在一个人独处的时候,会回望、思量俞文雅,这时候我会觉得她什么都好,就连她的冷漠和自以为是也是正确的,如果我觉得哪里不对了,那一定不是她的问题,而是另外的原因。这么说,你就知道了,我处在一种危险的境地中,按说三十八九岁的人了,不应该有这样的情绪,但这种情绪却困扰我一两个月了,也就是在我调过来不久后,就深陷其中而不能自拔了。这几行诗句,就是对她暗恋的结果,而且改了好几稿,才是现在的样子。当我重读这首叫《柏拉图》的诗时,心里再一次大面积被感染了一种爱意,觉得情形正是这样的,我一直在等待,这么多年了,都是在等待中。以前没发觉有"等待"的情绪,那是等待的目标还没有出现,单身这么多年了,刚过三十岁的时候,还很急,想尽快再婚,呈现的状态不是等待,而是寻找。如今快四十了,寻找的念头便渐渐淡漠了,心态是顺其自然,不再去幻想什么艳遇啊、什么心动啊之类的。谁承想,在如此不经意中,俞文雅出现了,而且就在我身边,才猛然发觉,俞文雅就是我的"等待"。等待就像潜藏很深的某粒种子,在她的气息和温度中,悄悄发芽了。我反复咀嚼着这首诗,想把这首诗发到群里。发到群里,不是要公开我的情感,是想展示一下我的才华。但，理性占据了上风，我还是收住了。大家都是聪明人，万一被看出破绽来，那丢人就丢大了。两个多月来，我强压着自己反常的内心，怕被俞文雅察觉到我对她的好，又想让她察觉到。如果发出这首诗，那不是等于承认自己的暗恋了吗？但，不让俞文雅知道也不行啊，难道一直暗恋下去？

因为俞文雅，我在行为举止方面都极为小心，换句话说，我因此而改变了自己的一些行为习惯。这些习惯也不一定是不好的习惯，不过是和俞文雅略有差异罢了。比如喝水，俞文雅在喝水时不会发出任何声音，而且她从不泡茶。为此，我也学着她，不再喝茶了。要知道，我可是有着十几年的茶龄啊，我还努力地在喝水时也不发出任何声音。还比如穿鞋子，俞文雅喜欢穿旅游鞋。我也脱了皮鞋，买了双旅游鞋，而且和俞文雅是同一个品牌。再比如俞文雅喜欢穿牛仔裤，我也改变了多年一身正装的打扮，穿起了牛仔裤和休闲上衣了。这些改变，我是希望俞文雅有所注意的。但最先注意并开口说出来的，居然是吴婧——就在我新穿牛仔裤和旅游鞋那天，吴婧看看我，笑了。吴婧天生一张笑盈盈的小胖脸，一笑起来，脸上出现好几个小肉坑，特别可爱。她盯着我，笑着说："葛老师改变不小啊，越来越年轻啦哈哈，环境好，心情就好了，心情好，什么都好了！"我听出来她话里话外的意思了，只能假装糊涂地说："啊？年轻了吗？哪有什么好心情啊？"吴婧还是笑，她冰雪聪明地看一眼俞文雅，颇有意味地说："还不好吗？"我便不敢看她了，也不敢接话了。而在我的眼角余光里，俞文雅依旧安之若素。

我想再写一首诗，为俞文雅。

刚才，吴婧找李志刚出去具体谈了什么我并不知道。我知道的是，李志刚一脸严峻地回来时，没有吃午饭，而是直接趴到桌子上休息了。我估计吴婧对他没有好话，就是吓唬他要立即辞退他也有可能。

编辑部里还散发着中午的饭菜香，在怪异的香味里，大家都在各忙各的事。

我依旧定不下心来。我去接了杯开水。在往返时，可以两次自然地看看俞文雅，尽管是她的后背和侧影，也是满心乐意的。她靠在椅子上，在理自己的毛衣。新穿的毛衣上可能落了根头发什么的，她正勾着脑袋，聚精会神地在胸前往下摘，毛衣里是她轮廓清晰的身体。我心里感动了一下，混杂着哀伤，也存在着欲念，我想这就是诗了。还要写什么诗呢，她就是一首诗啊。

姜　糖

下午两点半时，俞文雅悄悄地趴到桌子上——她可能是咳嗽累了，需要睡一会儿，休息休息。我便担心李志刚会跟谁说话，吵了她。但在趴下的半个小时左右的时间里，她还是咳嗽不停，无法入睡。我想，以后的几天里，咳嗽，就是她的常态了。任凭我在暗地里如何保护她，我也不能减轻咳嗽给她带来的痛苦了。一种不明就里的歉疚感油然而生。

半小时之后，当新一轮的咳嗽让她不得不抬起头来时，俞文雅在电脑显示器旁边寻找着什么。她在找什么？我心里"咯噔"一声，立马想到她在找姜糖。她电脑显示器下边只放着几张纸、一个小笔筒和一把水果刀，那袋姜糖原就放在小笔筒边上的。那袋姜糖，是我上周出差时，从山东周村带回来的。我路过淄博，朋友邀请我去周村玩了半天，带回了两样周村的特产，一样是周村烧饼，一样是周村的姜糖。我把烧饼和姜糖各带一袋到了编辑部，分给大家品尝时，俞文雅说她不喜欢吃烧饼。我以为手工制作的姜糖味大，形状不好看，她更不喜欢，她却说："那是什么？姜糖吧？闻到味了。"我说："是的。"她说："这个我喜欢，清口，醒神。我喜欢吃姜。生姜切成丝，和精瘦肉爆炒，是我拿手的家常菜。"她一口气说这么多话，是此前没有过的（至今也没有第二次），看来，姜糖给她带来了好心情。我当然乐意她喜欢吃姜糖了，就把一袋都给了她。她也没客气，说了句"你要吃就来拿啊"之后，就吃了一块，把剩下的放在电脑显示器下方了。一小袋姜糖的分量不多，只有二三十块吧，在整个上周，她自己吃时，也会分给吴婧和其他编辑吃，当然，我也会分到，很快就所剩无几了。上周五晚上，我留下来加班，口涩无聊，便拿过姜糖袋子，看里面只有一块了，另有一点碎末子，便吃了。我原来不太爱吃姜糖，俞文雅说她爱吃之后，我觉得姜糖的口感也挺好了。我吃了她的姜糖后，就把空袋子随手扔到垃圾筐里了。谁能想到，她这时候在找姜糖呢。

"姜糖呢？"她说。

我抱歉地在QQ上说："不好意思啊，那个……姜糖……上周五晚上加班，被我吃了，还有点碎末子，扔了。"

她迅速在电脑上打字了。接下来，是我们在QQ上的对话：

"好呀，本来就是你的。碎末其实也好吃的……"

"我再买……帮你再买些吧。"

"不用了，我上网自己买。"

"不一样的，周村的这个姜糖，是现场做的，一边做一边卖，一道道工序都在顾客的视线下，新鲜、地道，没有添加剂。我有朋友在周村，请他买了寄来，方便的。"

"那倒也是，现做的新鲜……要不你帮我买吧，我感冒了，嘴里发苦，正好想吃。我给你钱啊。"

"买来再说。"

我心里暗喜，通过姜糖，可以增进我们之间的交往了。于是，我通过微信联系我刚认识不久的周村文联的朋友，请他到古城的大街（街名就叫大街）西头姜糖店里，买八袋新做的姜糖，并把款打给了对方。

然而，令人意想不到的是，从中午到现在没讲一句话的李志刚，突然不知从什么地方取出一袋姜糖,迅速打开来,送到了俞文雅的桌子上,说:"这儿有一袋,我从网上买的,和葛老师带来的不一样,你尝尝。"

俞文雅看都不看地说:"你拿走吧,我不爱吃这个口味的。"

她看都没看,也没有尝,怎么知道这是什么口味?显然是拒绝嘛。

姜糖搁在了俞文雅的桌子上,李志刚已经离开了。

这就尴尬了。

吴婧也看到李志刚的尴尬了,走过来,拿起姜糖,取出一块,送到嘴里,说:"和葛老师带来的还真不一个口味,这个带有薄荷味。"吴婧吃着姜糖,走到李志刚面前,替俞文雅把姜糖还给了他,说,"放这儿吧,谁吃就来拿。"

吴婧把什么都看在眼里。吴婧回到座位时,在QQ上给我发了个大笑脸,又发了个笑晕的卡通图。但我不想笑,虽然也回了个大笑脸,不过是敷衍而已。

"老李真有意思。"吴婧在QQ上继续说。

"你不是找他谈过话了吗?"我说。

"唉,我也不能直接说啊,就这种人,能有什么办法呢?谈个话还不如一阵风,风还有感觉,他连感觉也没有。"

姜糖到了

周五这天,姜糖到了。

吴婧微信问我:"不错呀葛老师,你给俞姑娘买姜糖啦?"

我此时正在常熟出差,抽空玩了尚湖,又去了虞山的兴福寺,还到曾园去喝了茶,自然也拍了不少照片,接到吴婧的微信时,我已经回到了宾馆,正准备去赴朋友的晚宴。我看着手机,琢磨手机上的这行字,觉得她的口气有妒忌,隔着千山万水都能感觉到她内心的小火苗。怎么回呢？俞文雅收到姜糖时，在编辑部说了什么？我决定先不理吴婧，从俞文雅那儿了解点情况再说，也正好借机和俞文雅说话。

"姜糖收到啦俞姑娘？"我也在微信上问，虽然是文字，却满心希望俞文雅能感觉到我那种细软而讨好的语感。

可能是帮了忙的缘故吧，她第一时间回复了："姜糖下午收到的。谢谢啊，多少钱告诉我，微信转你。"

"好吃吗？"我没有立即说钱的事。

"尝了下，好吃。不过和上次的那个口味不太一样，也好吃的。"

"那就好。"

"感冒，嘴巴里无味，吃吃姜糖正好。不过，姜糖我都拿走了，也没给你留点。"

"不用留给我，本来就是帮你代购的。"

"讨厌死了，我打开包裹之后，他们也没问清情况，就说，葛老师又给大家买糖了，就要吃。本来想给他们一袋的，看他们这样的态度，就算了。以前也有过，别人的东西放那儿，他们觉得理所当然地吃，这种态度真不能接受。"

"是啊，问一声，不就明白了吗？"

"就是烦他们这种问也不问就去拿的态度。"

我感觉俞文雅所说的"他们"，应该不是泛指，应该特指李志刚。也只有李志刚会拿别人存放在冰箱里的食品吃（苹果、橘子什么的）。我以前出差，在扬州买过两袋手工制作的花生牛轧糖，分给他们吃，别人都是拿一颗，李志刚抓了一大把。李志刚各种小毛病不少，似乎吴婧也说过存放在冰箱里的食品被他拿了就吃的事，大家都是同事，也不好较真，但总是让人不舒服的。如果俞文雅拆开姜糖的包装，李志刚过来围观，顺手拿起一袋要拆开，完全符合他的性格。但俞文雅也是有性格的，抢过来，弄他个难看，完全有可能的。

"就算是我买的姜糖,我不在,也不能随便拆开啊。"我顺着俞文雅的话说。

"就是,一般给大家带一次,表表心意就行了,还能再大老远地从异地麻烦朋友去买了再寄来?这些人就不会想想。对了,多少钱啊?加运费。"

她又提到钱了。多少钱并不重要啊。我停顿了一小会儿,八袋姜糖,八十块钱,加上运费,不过九十二块钱而已,真心不多,我不太好意思要她的钱。但说送她,没有适合的理由,她也不会接受。我突然想起两三个月前,她和同事聊天时,聊到黄桃罐头。她是平谷人,平谷盛产黄桃,她家(或是亲戚)也做了几十罐,留着慢慢吃。我便说:"俞姑娘,跟你商量个事,换两瓶黄桃罐头如何?"

俞文雅回了个捂嘴的笑脸。又说:"你怎么知道?……行,不过两瓶不够,四瓶吧。"

"那又多了。"

"不多。"

"你说姜糖和上次不一样,别不投胃口吧?"我把话题又拐回到姜糖上。

"挺好的。"

"那就四瓶。"

"好,下周先带两瓶。"

"谢谢啊,辛苦你了!"

"应该谢谢你啊。"

对话到此结束了。再说下去,就属于没话找话了——我虽然还想继续聊会儿,哪怕一直聊下去,我都愿意。可一时又找不出适当的话题,如果随便扯个话题,会被她看出我的小心思的。我只好先打住,再和吴婧聊。

"是的，是我帮俞姑娘买的姜糖。我也是受人之托啊。你想要吗？"

"哪敢麻烦你啊。"吴婧的话有点酸。

"你麻烦下试试，我就是一副热心肠啊，没办法，助人为乐，活雷锋，就是我呀。"

"我呸，哈哈哈，没看出来。"吴婧的聊天和俞文雅完全是两种风格，"讲个事啊，笑死我了，你肯定也感兴趣。俞姑娘桌子上有一瓶绿萝你看到过吧？她把蔫了的绿萝扔了几枝，李志刚看到了，跑到窗台那儿，剪了一大把绿油油的绿萝，屁颠颠地跑到俞姑娘那儿，把乱蓬蓬的绿萝插到了她的花瓶里，俞姑娘的脸全绿了——气的呗，她一声不吭地把那把绿萝扔到了垃圾筐里。哈哈哈，见过厚脸皮的，没见过这么厚脸皮的。不过，你知道李志刚为什么敢这么厚脸皮？"

"我怎么知道？"

"你那么聪明，不会想想？"

还用想吗？肯定是说李志刚追求俞文雅呗。

吴婧跟我说这个是什么意思呢？是要激发我的斗志呢，还是奚落我？暗示我的下场跟李志刚一样？抑或是提醒我什么？我觉得没必要。李志刚讨好俞文雅，我们都看在眼里，俞文雅最烦的就是他，不用我出手，他就会自取灭亡的。

吴婧见我没有回复她，又问："什么时候回来啊？你不在，还有点不习惯呢。"

"没定下来呢，这两天双休，玩玩江南再说，下周一肯定上班。"

"都跟谁玩啊？"

"一个人啊。"

"不信，一个人有什么好玩的？"

"还能有谁？"

"我怎么知道？"

"真的呢。不过常熟有朋友的，晚上要一起吃饭……好啦，不说啦，你要下班啦。"

"我无所谓的……好吧，晚上别喝多啦？"吴婧很温柔地提醒道，"喝多了伤身体。"

我晚上的饭局是六点。现在还不到五点，朋友五点半以后来接我过去，这段时间干点什么呢？对，把今天拍的照片发到微信群里，再选几幅蜡梅照，单独发给俞文雅看。既然吴婧都怀疑我不是一个人在玩，那俞文雅说不定也有相同的想法呢。

照　片

我先在微信群里发了一组照片，是上午在尚湖拍的。尚湖的山光水色特别美，虽然是12月末了，许多常青的植物还是把碧绿的湖水装点得十分清丽，透迤的虞山也倒映在湖中，像一幅巨型的水墨画。我的照片有远景，有近景，也有花果树木的小品，很有点小情小调，很快得到群里人的点赞。吴婧还半是嫉妒半是羡慕地说："葛老师你又游山玩水啦，真是气死我们啦！"受到他们的鼓励，我又把中午在兴福寺拍的照片发了上去。兴福寺里有几棵蜡梅，江南的蜡梅开得早，我各个角度、远远近近拍了几十幅，连我自己都被冰清玉洁的蜡梅给震住了。选了几张发到群里之后，果然引起了小小的轰动，许多人都夸"太美"。也有人不相信是我拍的，说："葛老师这是你拍的吗？你随行是不是有个摄影大师啊？"这话既是对我的怀疑，又是对我的夸赞。我随即又发上两张我和蜡梅合影的照片，一张是我站在蜡梅树下，头顶和肩部都有开着透明般蜡梅花的枝条簇拥着，另一张是仰望枝条上的花朵，似乎在闻嗅蜡梅散发的芳香。这两张照片我都喜欢，能体现出我的气质，蜡梅的枝条也疏朗有致。群里又是一片惊叹声，除了俞文雅，每个人都用不同的方式夸赞了我，有的甚至要下载下来，做手机的屏保。但俞文雅为什么一直没有出现呢？她是我最想看到回复的一个人啊，莫非她在忙别的事，没有机会看手机？没错，她肯定全神贯注在投入工作了，或者，看到别人都在夸我，她反而不说话了——这也是她的个性体现。好吧，反正她会看手机的（她没有把微信和电脑绑定），不管是此时还是以后，那我就索性再选几张图发上去。于是，我选了一幅在曾园喝茶、读书的照片，甚至把中午吃饭的照片也发上来了。从兴福寺出来后，我沿着一条石板路慢步，看到路边有家快餐店，便进去用餐，要了一碗米饭、一碟水芹炒香干、一碟青菜炒香菇、一大段清蒸咸鱼、一瓶黄酒。包括黄酒在内，才三十六块钱，真心不贵。而且菜的品相和口味都好，便拍了照片，这会儿也发到群里去了。然后我告诉大家，马上出门了，有个朋友要送我一套书，顺便请客。但是，一直到临出门之前，还没有等来俞文雅的回复，我不甘心，又选了几张照片发给俞文雅，照片和发在群里的不重复。

没想到的是，晚上吃完饭，回到宾馆，打开手机时，群里有几十条未读消息了，其中就有俞文雅发的，而且一看内容，就知道她是用心回复的："作家葛老师的一天：游山玩水；享清淡营养美味；品茶小读；与友人把酒言欢；得赠书。"又说，"我们的一天呢？"吴婧也跟道："嫉妒，吃喝玩乐，赏花赏景。"但是，俞文雅并没有单独回复我，我给她也发了类似的照片的，她只字未回，却在群里发了一通感慨，说明她既矜持又心情不错啊。现在才是晚上八点，时间不算晚，我又选了几幅照片发给她，还留言说，腊梅已经要败了。这回她立即回了，只有两个字"蜡梅"。原来，是纠正我的错别字。我一直把蜡梅写作"腊梅"，腊月里的梅花的意思嘛。没想到全错了，是"蜡"，不是"腊"。想想，也对，像蜡一样地透明。她的纠正并没有让我感到难堪,相反,还特别开心,毕竟,因为她的纠正,我以后不会再错了。便说:"做编辑就是敏感,错别字一逮一个准,谢谢啊。"她回道:"这有啥好谢的。你拍照的手艺不错。我也喜欢蜡梅的。"我说:"北京的中山公园里有一株蜡梅,你空了可以去看看。还有清华大学,也有,在自清亭那儿的假山上,我去年冬天去看过。"她说:"是吗?等有空了去找找看。你在蜡梅树下的照片挺不错的,谁帮你拍的?"这个问题有意思,吴婧等人都变相问过了,只有俞文雅问得直接。难道不是吗,照片不重要,重要的是谁拍的,因为多半会是我的同伴,而同伴者有可能是个女性。如果是女性,当然会引起好奇了。我说:"随便请个旅客拍的。"这是真话,但她没再回复。我转移话题道:"到家啦?"她回:"刚到。"我又说:"晚饭吃啦?"我在等她回复时,就又没有回复了。

但是,我发现手机上的QQ有提醒,点开一看,是李志刚在QQ群里发了一张照片。如前所述,李志刚在微信群里已经被我踢出去了,但QQ群未踢,因为编辑们和他有工作要沟通。又因为是工作群,没有人会在QQ群里说些和工作无关的话题。

但是,仿佛李志刚知道我们在微信群聊得挺欢似的,也在QQ群里发了一张和工作无关的照片。这幅照片是一段文字的截图,我放大了才看清:

投稿:我的前男友曾在某大型文化公司工作,我的血泪史。一个月4000块钱,996(早上9点上班,晚上9点下班,一周工作6天),没空陪我不说,我还得刷微博帮他卖书,他上那种没人听的广播节目,我还得装热心观众留言互动捧场,还要求我刷抖音,去他的!更可恶的是,同事都是女的,年轻的漂亮文艺女青年,天天下了班同事聚餐、看电影、看话剧啥的,对比一下,本姑娘俗的。再找编辑我是狗！

　　补充：我是认识了前男友之后才知道，原来世界上还有性价比这么低的工作的，正经好大学硕士，英语特别好，文学素养高，发表过诗歌，看了一堆难看的书和电影，每天辛辛苦苦选题、策划、改稿、校对、办活动、搞营销，一个月4000块钱！

我读下来，忍不住笑了好几次，觉得这个李志刚发的这幅图片倒是有点意思，闷骚。他接连说了几句话："我就是那个前男友。""今晚月色真美！""你们的前男友都说些啥？"我想接着他的话往下续一句，问问他的前女友现在是啥情况。但一想，不对呀，他发的图片内容看似调侃，实际上是对自己从事的职业的不尊重啊，也是对女编辑的不尊重。难怪没有人接他的话茬呢。

午　餐

周一上班，我是上午十一点左右到办公室的，坐下刚打开电脑，就看到QQ闪动了，是俞文雅跟我说话："葛老师，两瓶黄桃罐头，放在冰箱了，你下班时带回去。"

"谢谢啊，我带一瓶，另一瓶晚上加班时吃。"

"那你要注意，开了封吃不完，防止有人拿了吃。"

"不会吧，谁会这么不自觉？"其实我知道俞文雅的话所指是谁了。

"有人就是不自觉，从前发生过的。我只是提醒你一下，反正你晚上加班后，办公室也没有别人，带回去比较好。"

我明白了，她不仅是怕李志刚偷吃别人的东西，还怕别人看到她送罐头给我，引起不必要的猜测。

"好的。"我回复道，"有这两瓶尝尝就行，另两瓶就别带了，挺沉的。"

我的客气并没有得到她的回应,她又一头扎进工作中了。我发现她不像前几天咳嗽得那么厉害了。当然,偶尔她还会咳嗽,轻度的,不过是没有好透罢了。

很快就到午饭时间了。我由于早饭都在六点多吃,十点多又吃了点东西才来上班,一般中午就不吃了。可奇怪的是,吴婧中午要请我吃饭了。看她微信留言的口气,就我们俩。我好奇地问她:"怎么要请客啦?"

吴婧说:"晚上不敢请啊,怕打扰你写作。"

我喜欢在办公室加班到九点或九点半,大家都是知道的。但是,吴婧请我吃饭,我拿不准她是什么意思,便说:"我请你吧。吃水饺去。我发现一家好吃的水饺店。"

"吃水饺好啊——你只能下次请了,这次我请你——主要是想跟你汇报个事。"

"现在说不行吗?"

"吃饭时说吧。"

"我好奇呢。"

"那现在就走吧,也差不多到饭点了……哈哈,没什么大事。"

没什么大事还这么神秘?工作上的事?不会跟我谈情感问题吧?像吴婧这样的大龄美女(包括俞文雅在内),是让人看不清真面目的,虽然她的身份信息在QQ资料里一清二楚,出生于1986年,水瓶座,未婚,这就够了。她的相貌,严格地说,不算美人,不像俞文雅那样让人过目难忘,用现成的话说,回头率低,但也还是耐看的,鼻子是鼻子,眼睛是眼睛,身材也还好,要腰有腰,要胸有胸,两条腿也够长,有时也萌萌的,小可爱,总之,不让人烦。可为什么就不把自己嫁了呢?我早就说过,能成为剩女的都是漂亮的,都是有点资本的,都是青春少女时经历太多太丰富了,感受太多太复杂了,后来当婚当嫁时,对男人缺少新鲜劲和好奇心了，要求也多了，挑三拣四就耽搁了。吴婧是不是这样的呢？我不太知道，没有和她深入地聊过。

这家水饺店不在闹市区，靠品质取胜，所以味道特别好。我和吴婧点了一份三鲜馅的，又点了一份韭菜鸡蛋馅的，两人合着吃。她要给我拿酒，我没要。吃水饺的时候，她先评价了水饺不错，又说她最不喜欢吃猪肉大葱馅的饺子了，味太冲了，不知谁发明的，简直愚蠢到不可理喻的程度。我对她评价水饺没有兴趣，她请我吃饭，肯定不是要评价水饺的。她评价水饺，可能是重要谈话的前奏吧。再说，我对猪肉大葱已经不反感了（本来我也不喜欢吃）。但是，有一次，听俞文雅说，她喜欢的饺子中，就有猪肉大葱的，说那才够味。既然俞文雅都喜欢猪肉大葱，我又为啥不喜欢呢？我就吃了一盘，居然真没觉得猪肉大葱的水饺有什么不好吃，甚至也吃出了俞文雅那样的感受，够味。很多人说话都会在前边找点小插曲，讨好主宾的小插曲，吴婧饭前聊水饺，也是一种小小的策略吧。果然，她顿了顿，一笑，说：“葛老师，今天有好事吧？”

"能有什么好事？哈……有啊，你请我吃水饺！"

"吃水饺算什么呀，没有人送更好吃的美味？"

"有啊，俞姑娘带了两罐黄桃罐头，她家做的。"吴婧真是鬼精得很啊，什么都瞒不住她的——她一准是看到冰箱里的罐头了，既然这样，我还不如先发制人了。

"我就知道是带给你的，幸福吧？"

"没感觉，感觉你请吃水饺更幸福。"

"一听就是假话。"吴婧真是一针见血，她开朗地笑笑，说，"不开玩笑啦，跟你汇报个事，就是李志刚的事，本来想年后再辞退他的，现在情况有点变化，周末就通知他，下个月不用上班了。"

"这么快？下个月？不就是下周吗？"我虽然惊讶，也不感到奇怪。

"也是下一年哈……是的，老板对他印象不好……你不是也希望他早点走吗？"

"哦？也好，早走早好。"

"哈哈，随你心愿了吧？"

"什么意思？"其实我是明知故问。

"别装了……没什么意思，就是向你报告一声。准备这个周末找他谈话。"

就这事吗？倒是不需要吃饭啊！李志刚春节后铁定被辞退，我们都知道的，现在辞，无非提前了一个多月而已。再说了，她通过QQ或微信和我说一声就行了。肯定还有别的话要说吧？刚才谈猪肉大葱是前奏之一，那关于辞退李志刚的事，可能就是前奏之二了。在饺子差不多吃完的时候，她放下筷子说："我饱了，剩下的你都包了。"

两个盘子里一共还有五六个水饺，我也吃撑了。便也放下筷子，说："吃不动了。"

"别浪费了，吃不了打包。"她望着我，似笑非笑地说，"以前俞姑娘也带过黄桃罐头来的，还挺好吃的……葛老师，你知道俞姑娘的……事吧？"

俞姑娘的事？或许，可能，差不多，这才是吴婧想要跟我说的话吧。

"不知道……她平时都不怎么说话的，挺封闭的样子。"

"确实，不过我还是略略知道一点的……她离婚后有三四年没上班……对那男的还挺有感情的。平谷是他们的小家。"

果然，我隐约也猜到她应该有过婚姻的，我假装平静地说："你的意思，她现在还和前夫住在一起？"

"好像是这样……那男的是外地人，内蒙古的吧，家境挺好的，但他有恋母情结，什么事都听他母亲的，他母亲又很强势，什么都爱管。是他母亲不看好这个儿媳妇，男的也十分为难，加上没有孩子拖累吧，就离了……这事就别再传播啊。她入职时我和她聊天，她透露过一点。"

我点点头，装作事不关己的样子说："真是有故事的人。"

我还等吴婧再说下去。她却若无其事地喊服务员买单了。

回到办公室，我开始有心思了，看着电脑屏幕，心思一直乱着，半响写不出一个字。不是因为吴婧透露的俞文雅的婚姻状况让我心乱——每个人都有故事，不一样的故事，不一样的情感遭际，俞文雅这么美丽的女人当然也不例外。但是，吴婧为什么要讲这些？为什么早不讲晚不讲，偏偏在俞文雅送两瓶黄桃罐头给我时，讲出来呢？不用说，吴婧也是有故事的人，难道她会对我有意？可我对她并没有感觉啊？既然她要把李志刚打发走，让我缺少这么一个竞争对手，那她应该是支持我追求俞文雅的才对啊。否则，她就不应该辞退李志刚。

想到这里，我瞥一眼身边的俞文雅。她正要看手机。她的手机就放在鼠标的边上，我看到她的手机屏保的图片是一幅蜡梅，正是我拍的数张蜡梅照片中的一张。有人说要把我的照片做屏保，可能只是说说而已，而俞文雅没有说，却这样做了。我心里有点小小的感动，有一种被认同的感动。

黄桃罐头

晚上加班时，我想到了黄桃罐头，决定打开来品尝品尝。

黄桃罐头的冰甜、嫩滑，加上桃子的鲜香，确实很爽口。我吃了五六块，看看瓶子，才不过吃了四分之一，量这么多，真是赚大了。几袋姜糖换四瓶大罐头，不错的交易。关键是，和俞文雅从此有了以物易物的瓜葛，以后还可以继续这么办理。

罐头瓶子上没有任何商标，也没有生产日期和保质期一类的字样，由此推测，这确实是俞文雅家自家做的。把黄桃做成罐头，只是用来自家享用，同时也便于保管，要什么商标呢？我是想多了。我把打开的黄桃罐头拍了张照片，微信发给了俞文雅，附上一行字："真好吃！"俞文雅立即回复了："放一放更好吃。"我说："不会坏吗？"她说："不会。放一年都可以。不过打开的不能放，打开的，冰箱可以放两三天的。"我说："谢谢提醒。"其实我知道，打开的食品，冰箱也不能存放太久。但我想到她说过，有人偷吃别人存放在冰箱里的食品，便想到了李志刚。要不了几天，李志刚就要被辞退了，他要吃就吃吧。我朝李志刚所坐的位子看看，只是下意识地一看，就惊讶地发现，他桌子上那瓶插满绿萝的瓶子，居然和我面前这只黄桃罐头瓶子非常相似。我立即起身去查证，把我吃了一半的罐头瓶子拿过去比较，果然是一样的瓶子。我立马就想到这样的画面：李志刚偷吃了俞文雅放在冰箱里的半瓶黄桃罐头，被发现后，惹怒了俞文雅，把半瓶罐头往李志刚桌子上一扔，说："送你了！"李志刚便喜滋滋地享用了。吃完以后，洗涮了瓶子，剪了一把绿萝，插到了瓶子里。

"吃黄桃罐头啦？"吴婧在微信里和我说话了。

"真神啊，你怎么知道？"我立即回道。

"猜呗，看你中午那开心劲儿，哪能等得及啊。怎么样？好吃吧？真投胃口是不是？"

这话说的，好像不是在说黄桃罐头，好像在说俞文雅。我的脑海中也立即浮现出俞文雅那美丽的形象来。老实说，她不太像黄桃罐头，黄桃罐头虽然清爽，略有些甜和腻。如果一定要拿水果做比喻，她有点像南方的杨梅。但我马上就打消了这样的比喻，因为杨梅除了甜爽外，还有一点点酸。俞文雅不酸。

"怎么不说话？"吴婧还停留在她的思维中。

"挺好吃的。"我说，"冰箱里还有一瓶，留给你们吃。"

"得了吧,人家是专送给你的,我们哪有那口福啊,你自己享用吧。不和你说了,我练瑜伽去了。"

吴婧才酸呢,不过她没有杨梅那味。

辞　职

周四了。星期不过三,过三没时间,都周四了,大家心情有所松懈,下午刚到下班的点,平时几个说得来的,便扎在一起闲聊,聊即将到来的元旦小长假去哪里玩。俞文雅也稀罕地参与了我们的讨论,她还给出了建议,认为大冬天的,可以去南方的城市,杭州一带应该不错,嘉兴啊,湖州啊,都好,还说她还没去过杭州,没看过西湖。但有人否决了她的建议,说时间不够,才三天,根本不能尽兴。也有人建议周边游。但大部分人认为,周边没什么好玩的,山是光秃秃的山,水是冷冰冰的水。就在我们为去哪里玩而讨论时,李志刚把吴婧叫到了小会议室。我们聊天也就结束了,各自收拾东西准备下班了。

不消几分钟,吴婧和李志刚就回来了。

大家也陆续下班了。当办公室里只剩下吴婧和我时,吴婧突然从座位上走过来,对我说:"葛老师,我犯了个大错。"

我看她似笑非笑的样子,并不像犯了大错的人,便说:"能犯什么错?你都是一贯正确的。"

"你知道李志刚找我干啥的?"

"干啥?"

"辞职。"

"那不是正好嘛。"

"什么正好啊?人家难受死了。"吴婧这才收敛脸上的似笑非笑,做出要哭的样子,"肯定有人透露给老李了……都怪我。"

原来她纠结这个事。

"这个重要吗？"我说，我的意思是，主动辞职和被辞退，结果都是一样的。

"当然，除了你，我只和俞文雅说过……她不会告诉李志刚吧？"

说到俞文雅，我就不想接茬了。言多必失，吴婧太聪明，我不想暴露我心里的秘密，就算吴婧多次暗示她已经知道我心底暗恋俞文雅的秘密了，我也不能再让她识破一次。

然而，让我万万没有想到的是，几天后，也就是新年的第一个周末，俞文雅也要辞职了。

吴婧告诉我这个消息时，我以为是开玩笑呢。她却千真万确地说没有。

我震惊了。俞文雅就在我身边。她现在一点异常也没有，还在有板有眼地核对文稿。但是，她明天就不来了。从明天开始，我们就不再是同事了，就不在同一间办公室了，有可能，我们也从此不再联系了。怎么会这样呢？我不能理解，也不能接受。我没有考虑，就给她留言，我不能问她怎么辞职了、为什么辞职了一类的话，我只能向她祝福，祝福她未来一片光明！她没有回复我，快下班时，才说："谢谢葛老师，换个环境也好——正好我也干腻了。"看来，她是下定决心了。我心里难受，真的很难受，还夹杂着失落、失望、遗憾、惋惜等复杂的情绪。两个多月来，我每天出门上班，很大程度上，就是因为要看到她，每天上班，我都心存希望，心怀美好。同样的，每天下班，看着她离开了，就有种淡淡的失落，就期盼着明天早早地到来。她怎么会突然辞职呢？干腻了？肯定不是她说的理由，肯定还有别的隐情。我又给吴婧留言，让她再劝劝俞文雅。吴婧回复说："劝了，没有用。我了解她，她很固执的，决定的事，从不悔改。唉，两年多了，还是有感情的。算了葛老师，天要下雨，下一句怎么说的？随她去吧。李志刚辞职了，她也不干了，正好，大家都清静。"

这是什么意思？吴婧的话让我纳闷了，李志刚的辞职和俞文雅的辞职怎么能相提并论呢？"大家都清静"是什么意思？莫非她在向我暗示什么？

讲座上

我不太关注我们的群了，无论是QQ群还是微信群，更不会在微信群里说话了。以前我会没话找话地说点什么（甚至上传许多照片），以引起俞文雅的注意——她当然不会接我的话茬，但偶尔也会说句什么，比如我的话里错了个字，她会纠正，比如顺着别人的话，她也会发表个人观点。现在想来，这个群存在不存在都无所谓了，因为俞文雅退群了，辞职第二天就退群了。退了微信群，也退了QQ群。我一直担心俞文雅会把我的微信拉黑，又不好意思核实。从前会有工作上的事作为借口，现在很少找到合适的借口了。但我还是在她退群不久后，问了她："俞姑娘好，在哪里上班啦？"

我料想她不会回复的。她果然没有回复。让我稍稍欣慰的是，微信还畅通。微信能畅通，我们就有保持联系的希望。没想到的是，隔了一夜，第二天七时许，她回复了："谢谢关心。"

虽然没有回答我的问题，能回复，已经很让我开心了，我甚至有点感激她的意思。我又说："现在办公室里很冷清了。"

说过又后悔了，依她的敏感，肯定会以为她在时是很热闹的，"热闹"可不是她的个性。再说这句话也不像是夸赞她的话，我赶快撤回，换一个语气说："有空回来看看啊，大家都想念你呢。"

这回她真的没有回。隔了一天也没有回。

转眼就过春节了。一场席卷全国的疫情使各种真假消息满天飞，大家都自我隔离在家里。

  我通过微信祝她春节快乐，她同样回复了一句"春节快乐"。我给她发了个红包，毕竟过年了嘛，发个红包也不算冒失，她回了个"谢谢"，没有收红包。二十四小时过后，红包退回了——这也符合她的个性。

  又转眼，元宵节也过了。时间很快到了5月中旬，我看到朋友圈有人发了个阅读分享会的信息，有关汪曾祺及其作品的，5月16日是汪曾祺逝世纪念日。我是资深的汪迷，绝不能错过这个机会，何况这是自我隔离后看到的第一个公开活动呢，便在规定时间赶到了会场。

  再次让我没想到的是，在这间不大的会场里，我遇见了俞文雅。简直太出人意料了，太让人惊喜了。我们几乎是同时看到对方的。虽然我们都戴着口罩，但还是认出了彼此。分享会还没有开始，主讲嘉宾可能因为塞车，还没有到，会场里有点乱，因为座位已经坐满，我和俞文雅都站在后排。我是在想找一个合适而舒适的位子时，和俞文雅不期而遇的。俞文雅稍稍地抬着头，眼睛里掠过瞬间的惊喜，又恢复了理性微微笑一下，表示问候。我听到我的心在"怦怦"乱跳，紧张而慌乱地说："来啦……"

  "这么多人……"

  "是啊……今天没上班？"我说过就后悔了，今天是周日，当然不上班啦。没等她回答，我又说："这么巧，会在这里遇到你。"

  "是巧。"她依旧保持惯有的平静。

  我发现她头发比她离职时长了些，人也略略有点消瘦，穿一件浅灰色的短风衣，里面是她以前穿过的烟栗色毛衣，人很清爽。或许是不断有人进来，也或许是我故意引导，我们被挤到一个角落里，这样，我们轻声交谈，就不会影响到别人了。

  "还不知道你在哪里上班呢。"我说。

"哪有班上啊……在家看看书。"

"也好……没上班也好。"我想,没上班,辞什么职呢?她的辞职,可以说亏大了,因为疫情期间,不上班也能拿到工资的。她这一辞职,就没有收入了。当初她辞职时,我以为她已经修好了退路了呢。

俞文雅突然一笑,诡秘而调皮地道:"怎么就你一个人?"

她语气转折太快,我有点没反应过来,结巴道:"……就,就我一个人啊。"

"吴婧呢?你们没一起来?"

这是从何说起?吴婧怎么会和我一起来?俞文雅怎么会有这样的想法?我从来没和吴婧单独参加过什么活动啊?仅吃过一次饭也是被动的。

俞文雅见我犹豫和木讷,掠一下头发,又追问道:"怎么没一起来?"

"她怎么会和我一起来?她还以为你的辞职和李志刚有关呢。"

"莫名其妙,是说她自己吧?"俞文雅脸上的笑意渐渐消失了,声音像气息般地轻声问,"你说我……辞职?"

"是啊。"

"和李志刚有关?"

"是啊……"

"吴婧说的?"

"是……"

俞文雅的眼睛一直看着我,看得我心里发虚,几秒钟过去了,我看到她的眼睛里正在积聚着泪水。

我有点疑惑了,强调道:"当然……我不信。"

"我没有辞职。"俞文雅略略加重了语气,"吴婧通知我,是你把我辞退的,而且是大老板的安排,她就是想留,也留不住。至于李志刚……真是笑话,谁知道她怎么编派出来的。"

"啊?"俞文雅的话惊到了我。我辞退了俞文雅?吴婧转达的是我的通知?这剧情反转太快了吧?怎么会是这样?我脑子有点乱了,想理一理思绪,可越理脑子越乱。分享会已经开始了,主讲嘉宾正在说着什么,可她说什么,我是一个字也听不进去了。

我看到俞文雅思想也开小差了。她肯定也被我的表情变化惊到了。她凑近我一点,小声道:"不是你辞退我的,是吗?"

"当然!"我使劲地点头,肯定地说,"怎么会呢?"

她看着我,等我说下去。可我真的不知如何表白。

"我还欠你两瓶黄桃罐头呢。"她立即转移了话题。

"……是啊。"我心里感动了。

她的胳膊就在我的身边,我碰了她一下,悄悄抓住了她的手。我感觉到她的手很冷,并且在微微地战栗。

咳　嗽

第二天是周一,我来到编辑部。编辑部和往日一样地安静,大家都在按部就班地工作。我坐下后,下意识地觉得身边的俞文雅还在专心致志地看稿子。每次都这样,都仿佛身边有个人,每次又都很快地知道,俞文雅已经辞职了。现在我知道了,她不是辞职,是被我"辞退"的,这一字之差,差别可就大多了,差一点毁了我们。

不知道谁在我的桌子上放了半盒草莓。我们编辑部的好传统,就是常有人带好吃的来,每人分享一点,不需要说感谢一类的话,吃就是了。我拿起一颗草莓,看一眼吴婧,她跟我妩媚地一笑,说:"新上市的。"

我就知道了,草莓是她买的。

就在我吃草莓的时候，吴婧突然咳嗽起来。

吴婧的咳嗽划破了编辑部的安静，并且刚开了个头就不可遏制，就一声接着一声了。这让我想起了当初俞文雅的咳嗽。俞文雅的咳嗽，给我们编辑部带来了一连串的变化，意想不到的变化，先是李志刚不失时机地向俞文雅献殷勤，被吴婧辞退了，接着是吴婧又辞退了俞文雅，跟我说是俞文雅辞职了，并在俞文雅面前"栽赃"了我。那时候，疫情还没有爆发。这回吴婧又感冒咳嗽了，该会是什么预兆呢？我用微信告诉俞文雅："吴婧咳嗽了。"

俞文雅马上回了个会意的笑脸，说："你们编辑部是不是有人咳嗽就会出事？"

2020年3月6日于傲来国花果山下
2020年5月15日修改

陈　武　江苏东海人，中国作家协会会员。文学创作一级。曾在《人民文学》《中国作家》《十月》《作家》《钟山》《花城》《天涯》等杂志发表文学作品，多篇小说被《小说选刊》《小说月报》《中篇小说选刊》《中华文学选刊》《北京文学·中篇小说月报》等选载。

老白的碎片

◎文　卿

　　老白流的汗有一部分是因为天气热，大部分是因为气的。他被"碰瓷"了。

　　以前他经常在新闻里看到碰瓷的，他还骂人家傻瓜笨蛋，双方他都骂，骂得那个痛快。反正人家已变成新闻图片，不会跳出来跟他理论。老白一直以为碰瓷是指一些别有用心的人故意和机动车辆相撞，骗取赔偿。他没有深究过"碰瓷"这个词，就算后来混迹于古董市场时也没有想过。

　　但就在他的脚尖碰到前面一个花瓶，花瓶倒下又碰碎一个碗的那一霎，他突然明白了"碰瓷"这个词语的源起。原来是这个意思。

　　没等他得意于自己的无师自通，摊主已跳起来，几乎和瓷器粉身碎骨的声响同步。

　　临近中午了，摊主还没开张。

　　这个城市的东边本来建有一座立交桥，周围的楼房也一个劲地冒出来，店面也张罗起来。没多久，立交桥查出质量问题，封了，将来何去何从未有方向，就那么搁着。人流量骤减。店铺便一家一家偃旗息鼓，门面关闭。这一带是闽南典型的骑楼建筑，店面外有延伸部分，日晒不到，雨淋不着，一些卖古玩的便在店外摆了地摊。渐渐地，一人两人，一摊两摊，竟有了点规模，有各县来的，也有更远的外地赶来的，时间也慢慢地约定俗成，在每周日上午集会。这里好像符合古董们的秉性，静静于一隅，偶尔露面，关注的人不用多，喜欢的就来。形成小集市后，人流量也回升了一些。市里索性将旁边一个闲置的商场打通，给这个古董市场的商人摆摊。虽没有空调，但雨淋不到日晒不着。摊主们平日里各有各的营生，一到周日上午，摇身一变变成古董商人，眼神或泛活或深沉，口才也上去了，一套一套的，个个都是专家，考古专家、历史专家。

一周就一个上午，老白总会来逛逛。

老白还没意识到事情的严重性，他脑子竟然还闪过"花瓶没碎，结实多了"的念头。他总在这一带晃，怎么样也混个脸熟。他也不买什么，他知道多数是假货，不，百分之九十九是假货，另外百分之一也许连摊主都难辨真假。反正买卖双方心知肚明，愿买就买。老白把这里定义为工艺品市场，看到有成交的也替摊主高兴，也为买主叹惋，并回去列为谈资。

老白潜意识里认为踢倒的是一件普通商品，碎了的也仅是一件普通商品。摊主不这么认为，那是他的镇摊之宝，不能不跳起来，而且天气这么热，一个早上都要过去了，逛来看去的有几个，但都没有留住，一个早上又白摆了。临了，这么个声响，精神为之一振。

老白脸上的讪笑还没展开，摊主直吸气说："我的古董碗呀。"老白愣了一下说："老哥，这不是古董吧。"周围好些看热闹的人。刚才摸过那个碗问过价格的人也围过来了。摊主比刚才跳得更高："不懂就不要乱讲，这个是清代的。"

摊主捡起一块大的碎片举给大家看，高高地："看到没有，这边，还有这里，这个线条，狮子穿梭在牡丹中间，富贵平安哪，康熙青花狮纹牡丹碗，品相全的，全的。"

观众集体沉默，眼波流窜。

老白也涨红了脸说："不可能是真的。"

摊主睁圆眼说："不信？不信你拿去做鉴定。假的非但不用你赔，我还倒贴你。"

有些话可说不可做，可做也一时做不了。听起来可行，细想是不可能的。也许是可能做到的，但耗进去的时间、精力、金钱却是没尽头的。

摊主说了可说不可做的类似诅咒的话，还很硬气，老白不可能说好。他像被逼到了悬崖边，他不反击就会掉下去了。老白说："哪有可能是真的，谁都知道，这里全部都是假货。"

老白一竿子打死一片，还有许多顾客或潜在顾客或正在成交的买卖呢，有的犹豫着放下一个古香古色的酒盏，轻轻地放下。本来沉默的看热闹的其他摊主不答应了：我们怎么是假货？你说话要有证据，说话要凭良心。

谁都知道？恰恰是谁都不想知道，良心皆在暗处。

老白像蛇被踩住了尾巴，一头想钻到洞里。他说："我就那么一说，那么一说，但这个碗确实不是真的。"摊主把碎片往老白眼前一推，斩钉截铁地说："拿去鉴定。"老白微微往后一顿，眼光往四周一溜，他现在急需有人出来圆这个场，可人们还是看热闹。

老白莫名悲壮，孤军奋战，没有退路。脚后是一块石头，大石头，有点像躺椅，不知道谁放的，也许当时想当沙发卖掉，没人要，结果就一直放着。老白一来就占住了，往后一靠，有点意思，有些冰冷，夏天坐还挺舒服，他时常坐在上面，看着人来人往，脚晃晃，谁都得做事，都在忙，只有他是最清闲的，日子过得跟神仙一样，俯瞰芸芸众生。事情就出在这里，他脚就那么往前一晃，就踢到花瓶了。事情过后，老白回想起来，那个花瓶是不是放得太靠近他了，在他没有任何戒备的时候，是不是被人盯上了？

像电脑死机，场面有些僵持。演员忘了台词，老白不知道下一句说什么才合适。

"老板就开个价嘛，能赔人家就赔了。"人群里不知谁突然冒出一句，大家也附和几声，推动了剧情发展。老白竟有些感激那个开口的看客。

摊主说："我好不容易才在乡下淘到的，大家都知道现在要淘到好东西是太难了，本来想卖个好价钱。现在你说我怎么办？"

老白表现出自认倒霉的样子说："你说多少？"

摊主说："一千。"

周围有人牙疼一样吸了口气。老白听出来了，他说你宰猪呀。有人笑出来。老白话出口就后悔了，这个比喻不恰当。

他这辈子总在后悔口不择言。

老白说："一千太贵了，撑死也就五百。"摊主说："一千还是看到你经常在这里，不然至少一千二的。"老白想我的面子值两百。

这么一想太廉价了。老白突然想到自己的女婿是学历史的，是大学历史系的讲师。东西之所以成为古董，就是因为有历史嘛，古董这东西他应该懂。

老白说："算了，还是去鉴定吧。"顿了一下，他又说，"不然让你赔了我也过意不去。"

老白对自己的最后一句表示满意，既反击了又能显示有气度有水平。

摊主说行，所有费用你要出。

老白说要什么费用，我女婿是专家。摊主说马上打电话。

摊主的硬气让老白迟疑起来。这种心理素质是古董地摊者必须具备的。老白没有这种素质，而且他猛然想起来，女婿不是女婿了，前段时间离婚了。

像身下突然被抽掉椅子，老白空了。空了就摔了，就认了。老白眼神一暗，眼皮一搭，摊主敏锐洞察，欺身过来："快打电话。"

老白说："算了，我女婿很忙，没空为这种小事费脑子。但是你这一千确实太过了。"

最后的协商是各退一步，八百五十元成交了。摊主碎碎念，亏死亏死，一边将碎片包起来。看热闹的意犹未尽，没有意想中的精彩，现在的人没血性了，架都吵不起来。

回家的路上，老白突然想起来，那一包碎片是他的，是他花八百五十元买的，要拿回来。已经快到家了，日头晒得感觉自己是一个炸药包，再多半度，就会爆了。实在懒得返回了，就算回去，也散场了。老白想下周一定要去拿回来。

老白路过小卖部时没有打招呼。小卖部主人是个寡妇，半老不老，说丑不丑，就是眉毛文得很生硬，永久的那种，不可逆的，让你悔断肠也没办法。眉毛卡在喉咙，吐不出咽不下。寡妇就把刘海放下来，盖住。有时刘海长了，连眼睛都盖住了。见老白没有停留地从她刘海缝中走过，她摆出一半的表情夭折了。本来她还想着是要笑迎一下，还是高冷地斜一眼，等对方搭话。所有打算都落空。

平时没顾客时老白会停下说几句，不咸不淡，不近不远。今天老白没心情。

他回到家里。风扇吹出来的风是热的。老白拿起空调遥控器，又放下。他决定从空调的电费里省下这八百五十元。这没什么，人生就是省下来的，熬下来的。苦日子不是没过过，只是当时不感到是苦。谁都差不多。再说，最苦的是伺候瘫痪老婆的那些年。

老白想起以前带女儿去乡下老家。一片黑乎乎。他带的手电筒挖出一条光的隧道，女儿嫌不够亮。老白也没想到这么多年过去，老家还这样。但女儿嫌，他就不乐意了。以前还没有手电筒，都点竹子照明。女儿又一脸疑惑，竹子能点着？持续烧着？多年前习以为常的，被女儿一问，老白又停顿了一下。

按惯例，老白要教育女儿珍惜现在的幸福生活了。他不得不回想了好久以前的事。竹子劈成竹片，两指宽，浸水，再晒干，他当年读书时是一手翻书，一手举着竹片照明。女儿不解，不会有什么灰掉下来？不会烧到头发？为什么不固定一个地方腾出手来，为什么非得举着？老白恼怒，这偏离他的目的，他说听重点听重点，现在这么好的条件，还不好好学习。女儿不再追问，嘟囔着走开。女儿的反抗就是或沉默或走开。

老白给女儿打手机，打一次没接，过一段时间也没回。老白猜女儿还在怨气中。他再打。女儿接了。

空调没开。老白觉得自己在一个蒸笼里，自己就是一个大白馒头，不断饱满胀开。他想女儿不回来也好，回来也是气。她肯定问为什么不开空调，热出病来值不值，看病的钱多还是电费多。老白心情好时会认同，心情不好会回顶多中暑，藿香正气水也要不了多少钱。女儿会瞪眼，说不可理喻。

人就是这样。小时候管着孩子，孩子也怕你，孩子大了以后，特别是成家后，父母、孩子的界线模糊了，势均力敌了，渐渐地，父母一天天老，一天天矮，一天天轻，反过来孩子要管着父母。但只要父母身体健康，有经济来源，和孩子还是保持一种平衡，你说服不了我，我也说服不了你，我不干涉你，你也别管我。话这么说，生活总有关联，总不知不觉相互渗透。与生俱来的血缘让他们像刺猬，不近要靠近，近了又刺痛流血。有些话不说憋伤自己，说了伤着对方。

到底谁不可理喻？自己拴不住丈夫能怪到自己父亲头上吗？老白知道女儿存着这心，但真不能怪他。当时体检时不是还没闹离婚吗？女婿学校发体检卡，就给老白，说去体检下。老白很高兴，小卖部的寡妇、半个小区的老人都知道老白有个孝顺的女婿，还有他的名言：女儿孝顺算什么，那是应当的，女婿孝顺才是真孝顺。

女儿离婚后，有一段时间，老白都不敢在小区溜达，仿佛全世界都知道，都在笑话他。其实只是他个人感觉。他不说，谁会知道呢。有些私密往往是自己泄露的。自己丢了斧子，邻居个个是贼。

老白说："我又不知道他们正在闹离婚。那检查出有阴影我不紧张吗？能不发火吗？你知道我在家具厂干过，那天天的，吸进去多少木屑是不是？肯定积在肺里了。女婿半个儿，我冲儿子嚷几句不行吗？好好的，叫我检查个什么劲！"

他又说："我就是急了唠叨几句，谁身体出问题不紧张？我又不是真怪女婿。离婚也怪不到我头上呀，你说呢？我就冲他嚷几句而已。女儿是不是无理取闹？她是火没地方发。你一定想这么说。

"当初要是同意女婿生二胎，也许没这事，他就想生个儿子，憋着呢。你说呢？"

没人应答。

老婆的相片挂在墙上。老婆死了半年了。老白自言自语的习惯是从一个深夜开始的。那晚，屋里真静呀，静得老白以为自己是个死人。如果不是牙塞得难受，老白真以为自己死了。

那天晚饭吃的是中午的剩饭。一块红烧肉是隔天的，硬邦邦，老白舍不得丢，就用力嚼着吞下去。一小块肉潜伏到牙缝里。老白只找到牙签筒，空的。用舌头顶，舌头软，牙齿吃硬不吃软，起不来。手指抠，无疑像大象鼻要捅到蚂蚁嘴里，有劲使不上。

已是深夜，老白满屋子转。他发现一根牙签就可以逼死人，就能使人崩溃。越想越难受，不把残渣捅出来日子简直没办法往下过。老白转到老婆相片前说，你说我怎么办，连个渣渣都搞不定，你在的时候，牙签、棉签、面巾纸这些倒是从来没有断过,你就像田螺姑娘。

这是指老婆没生病前,生病后都乱套了。老白选择性地让自己的记忆跳过老婆生病后的那几年。摁快进键,嗖嗖掠过。每个人内心总有一块连自己都不愿意踏入的犄角旮旯。

老白想去敲小卖部的门,想想还是算了,太晚了,寡妇门前是非多,不要自找麻烦。别人要是知道只为了一根牙签,会相信吗?

老白说:"你看我对你多好,你不在我还这么自觉。"

老白说:"本来跳舞也就是锻炼锻炼,跳舞就得搂着,就你那小心眼。"

老白说:"那些女人也很奇怪,以前跟我说说笑笑的,现在一个个却像贞节烈女一样,都集体不理我,好像我是瘟疫一样。拉倒吧。不跳就不跳。"

老白说:"你女婿说想再生一个,女儿不同意,我也不同意。都上四十了,还生什么?但话说回来,只生一个也不好,你看看我现在,你把我丢下,女儿久久才回来一次。"

说着说着,老白竟然畅快了,牙塞不那么难受,他用舌头顶了顶,肉渣竟然不在了。是不是因为说话震动,震出来,又不知不觉咽下去了?总之,是畅快了。

深夜的自言自语就这么顺延下来。

女儿在电话里腔调懒懒的。老白其实不知道要跟女儿说什么。巴掌也要两个才响,若一方兀自在空中挥着手掌,能出什么响?对话吃力晦涩,老白想到一条要死不死的鱼晒在干涸的河床。最后老白装不下去了,说算了算了,挂了。说挂并没有付诸行动,希望被挽留。但女儿挂了。

这种情况是从什么时候开始的?老白一直想不明白,以前老婆还在的时候,女儿也不是这样,虽不怎么亲密,父女关系也在正常范围内。照理,只剩一个老父亲,女儿应该更关爱自己才对。老白郁郁寡欢。

可一想女儿以后一个人带着外孙女,老白又气不起来。人一生区区几十年,中间再什么耽搁下,比如侍候瘫痪的老婆好多年,想舒心过下日子,多难。小区前天死了一个八十六岁的老人,葬礼很热闹,仪仗队敲锣打鼓,还唱歌,流行歌、闽南语歌,若没有夹杂哀乐,像办喜事,似乎存心来分散活人的注意力。悲伤早被冲淡。泪水刚冒上来就被打断:卤面吃完了,快叫人再打来;或随礼金的人来了。

闽南人的葬礼要备卤面接待吊唁的亲朋好友。大家久未见面,吃过一碗卤面,不好意思再添,离出殡的时辰还有一段时间,趁仪仗队歇停的时候,大家赶紧话话家常,从感慨死者开始说,中间天马行空,再用嘘唏死者结束。

听见哀乐,老白本能地情绪低落,感同身受,一晃,自己也上年纪了,什么时候轮到自己?轮到自己时能这么热闹吗?他从停车场出来看见几个老人正坐在死者的黑框像边聊天。头发稀疏,皮肤沦陷在老年斑里,他们好像在说什么有趣的陈年旧事,不符合场合的愉悦快要压抑不住。到一定年纪,最大的胜利就是参加别人的葬礼。死者面容不合八十六高寿,似乎是早些年拍的,且神情安详,甚至有点微笑,好像正参与聊天中。老白见那几个老人都比自己老,竟没物伤其类,自己的伤感显得有些矫情。老婆去世时自己都没这样的感触。一转头,听随丧礼礼金的人说现在都没带现金。记礼金的人说没关系没关系,一边指指桌上的二维码。来人便用手机一扫。老白突然想笑。流于形式后,死亡有多可怕?活不活死不死的才可怕。

小卖部的女人因为葬礼,多多少少影响了一些生意。虽有热闹看,她的脸也垮垮的。老白买了几根火腿肠和两包榨菜。火腿肠和榨菜是万能的,救急的,懒得出门或没菜时丢下去煮面,或配稀饭都可将就。小卖部的女人说老吃这些东西不好,老白说那以后不买了。女人一时噎住,说买别的,你看这卤蛋肉松,不比那个有营养?老白苦哈哈地说:

"没钱呀。"女人啧啧撇嘴。

两人都没心思往下说。老白爬上楼，气喘吁吁，已经爬得很慢了。他年轻时喜欢住高楼，好像高人一等，至少视角上。人生无法周全，楼还是那楼，视角还是那视角，可腿脚不是那时的腿脚了。

那年老婆说头晕，说得含糊，但亲人能听懂。刚进门的女儿说上医院。老白闪过这是七楼，背不下去的念头，一边说头疼脑热很正常，正常人都会的，何况你妈，给你妈倒杯热水去。老婆说我晕得厉害，说着，常年歪一边的嘴流出涎水。女儿说上医院，她想去搀老妈坐起来，躺了多年长了不少肉的老妈对她来讲太重。老白说睡一觉就好了。老婆躺了一会儿，好像缓了一下，没一会儿又说想吐。老白去拿盆。女儿不再理会老白，打了120。120来，竟然只有一个护士和一个男护工。他们打开担架，护士让老白搭把手，把病人移到担架上，还要老白一起扛下去。老白很生气，这是七楼，叫救护车又不是不要钱，还要家属自己出力。如果这样，不如家属自己送去医院。没人手？司机为什么不上来？凭什么要家属既出钱又出力？

女儿说先去医院再说。她让父亲跟她并肩，一人握一边，站在男护工对面那头。老白见老婆似乎睡着了，还睡得挺香，埋怨女儿不该打120。护士说病人昏迷了，你们快点。

到医院后，忙活了一阵。医生说送晚了，早送十分钟也许还有得救。就像膝跳反射，老白从座位上弹起来："你们医院的车来得太慢，还不肯抬下楼，你们要负全责。上次我们马上就来了，你们也没治好，瘫了八年零一百零四天。你们医生草菅人命，你们医院无能，别想推卸责任。"嚷完他觉出腿软，出事了，出大事了，他本能地找同盟，一转头，女儿狠狠瞪了他一眼冲进门去，扑到白床单上。医生冷冷地说日子你倒记得清楚。老白气呼呼地想回句你来试试。女儿的号哭声传来。

那天回到家里，老白先把那些日历丢掉，过一天画掉一天的日历。

老白有时还会在某天边上记录洗澡，或买了几包成人尿不湿，或提醒去医院拿药，像日记本像功绩簿。一格一格，记得有些漫不经心，猛一看，更像草稿本，长满无意识和潜意识的荒草。这样的日历加上墙上挂的有九本，本来以为要拿整个柜子来装。挂历算是老白必买的年货。亲戚朋友友情来访，挂历是必看项目，这样一目了然，老白也便于线索清晰地像祥林嫂一样述说。老婆远远躺着，嗯嗯啊啊，不知道附和什么。

老白想再也用不着挂历了。他这辈子再也不想看到任何挂历。不用一天一天地算着，像油一样滑溜，不知今夕是何年才是好日子。之前的日子跟灶台的油腻一样，永远也擦不干净。灶台缝隙有几只蚂蚁衔着一粒遗漏的米饭前行。老白迟疑了一下，放下抹布，不想毁灭了蚂蚁那点微弱而隐秘的快乐。

电视开着。已经开很久了，从早上到黄昏。如果晚上没外出，还会一直延伸到深夜。老白最舍得浪费的就是看电视的电了。他怕静，一静就似乎听到老婆的声音，连在床上因痒而蠕动的细微动作都能听见。但以前他总想着要是清清静静的多好，屋里要是没有陈年旧棉被的味道多好。就像有婴儿就会闻到奶腥和爽身粉气味一样，屋里常年有病人，就会有久滞不去的腌臢气息，通风也去不掉的。

电视哪个频道没关系，演什么也无所谓，有个声有个影就行。四壁苍白冰冷，静得有种莫名的压迫感，压得人喘不过气来。电视开着，手机还刷着，老白试图从朋友圈看到女儿和外孙女的一些动向。女儿却像看透了父亲，就是不发，久久静默。

找个机会，老白问女儿到底为什么离婚。女儿不耐烦地说过不下去就离了。

老白觉得太随意了，他搜索着可说服的句子，讪讪地说婚姻要用心经营。女儿更不耐烦，说又不是生意，为什么是经营，所有觉得累的婚姻都是错的，都要结束。女儿盯着父亲。父亲败下阵。离都离了，说什么都是不对的,说什么又都是对的。

熬到周末,老白赶紧跑去古董市场。

摊主一脸无辜:"什么碎片?"

老白不相信对方会忘了,他说上星期碰碎的。摊主睁大眼说,我哪里知道,我又没拿。老白说:"当时你包起来了,是我没拿。"对方说我怕割伤人家,包起来不代表我拿了,好心没好报。你没拿关我什么事,我已经赔到裤子破了。

老白说那你知不知道那包碎片哪儿去了。摊主再次睁眼撇嘴说我哪里知道,你去问扫垃圾的,行行好,离远一点,再碰到就不止八百五十块了。

老白在场里走了一圈。时光不会倒退到上个星期天,那时老白还觉得苦尽甘来的人生还是不错的。现在古董碗的碎片去向不明,只有一摊一摊的赝品围攻着他。自己的一生也像是赝品,自己到底有没有真实活过。

老白突然想到,那个摊主赔多少钱都记得,他肯定是知道碎片在哪里,一定是他收走了。骗子,骗子。老白胸口起伏不定。若摊主愿意回收碎片,是不是说明那个碗还真有点价值?这么一想,老白又觉得好受点?

以后还来不来这个市场,老白觉得得当成一个问题认真思考一下。

文　卿　　本名黄文卿。中国作家协会会员。出版有短篇小说集《一只保卫谎言的鱼》、散文集《迎面走来若千年后的儿子》、儿童文学《落花生——少年许地山》。

徐春桃是谁？

◎刘起伦

进入7月之后，我们到"兰波旺"吃小龙虾、喝冰啤的次数越来越多，越来越频繁了。有时一个星期就去四次甚至五次。你可千万别误会是我可耻地爱上了夜宵店的小姐姐雪莉，更不能毫无根据地怀疑我师父张德稳想来猎艳。他的人品无可挑剔。我敢打赌，这样的好男人如今已经绝迹，像华南虎。你不承认，除非你是周正龙。

"火炉子一样，这地方。你晚上不吃夜宵，能怎样？"张德稳如是说，"再说了，一大盆辣得屁眼冒火的小龙虾，外加管够的冰啤酒。男人想舒坦，还要什么？"

我是个北方佬，来到湖南，是真吃不了这里的辣啊！青春痘在我脸颊异军突起，扯起了反旗，而且这一处还没扑灭，那一处又立起山头。小龙虾越是辣得够味，越是想着用冰啤去扑火。跟着这样的师父，酒量不突飞猛进都不行！一次酒醒后，我对张德稳说，如今我是水土不服只服您！

醉眼看"兰波旺"，多么洋气的一个名字，用在株洲芦淞区夜宵一条街这家夜宵小店，是不是可惜了？它应该出现在北京后海某家店面的招牌上才对，至少，也该亮相在湖南省会长沙最热闹繁华的解放西路吧？

我想，给小店取这名的人，怕和我一样，是个半桶水诗人。兰波，法国象征派诗人,超现实主义鼻祖。即使你不是诗人,总该知道"生活在别处"这句名言吧?这话曾从我师父嘴里冒出来过,让我对他刮目相看。

雪莉,名字也洋气。嗯,对得起"兰波旺"。她是"兰波旺"夜宵店五个女招待之一,在我心里,是无人能够替代的"兰波旺"。地球人都知道,"兰波旺",英语"第一"的谐音。有了雪莉,这家小店配得上"兰波旺"。

我再次声明,我可没爱上雪莉小姐姐。信不信由你。

不过,自从跟着师父张德稳到"兰波旺"吃过第一次夜宵后,停了诗笔多年的我又有了写诗的冲动。平心而论,雪莉是个可爱的姑娘。她几乎不化妆,即使抹了粉脂,也是淡淡一层,除了那一头酒红色大瀑布长发让她看上去还算时尚外,与这个年龄的都市女孩相比,她无疑太过淳朴。我记住了她那双清澈的眸子,自然、纯洁、明亮,可以作为一首唯美之诗的诗眼。即使在斑驳的灯光下,我也看得一清二楚。

可是,我还是不太明白,师父张德稳,一家国字号大企业旗下房地产公司的副总工程师,一个高管,拿着不菲的年薪,完全可以待在北京总部,每天看看图纸,为决策层确定或否决某个项目发表几句有用或没用的意见即可,即使离京,也是检查指导,走马观花,前呼后拥,何必把自己混同成一个项目经理,日晒雨淋的?害得我这个助理工程师,他的徒弟,也跟着颠沛流离。好在我了无牵挂,打起背包就出发。

"生活在别处。小伙子!"每次,张德稳都这样拍拍我肩膀。如果他不是恢复高考后前几届的同济大学高才生,我会觉得他特别滑稽。我也毕业于同济大学建筑学院,正因如此,张德稳很器重我,把我挑在身边,收了个徒弟。

比如这次,二公司在株洲芦淞区高科园接了个项目:神通光电新基地建设。张德稳就主动请缨,跟踪这个项目,建成样板工程。老同志了嘛,董事长、总经理基本上都依着他。我当然没问题,还没来过湖南呢。"湘女多情"这句话我可是老早听说了的。呵呵。

对了，得告诉你，张德稳就是湖南人。他说过，出生在湘南乡下一个叫白石铺的小地方。"我一个农民的儿子……"这是他在很多公开场合发表演说时的开头语。农民的儿子张德稳和他妻子出生在同一个地方。他们是中学同班同学。

"原来你和师母青梅竹马啊！"

"嘿嘿，嘿嘿……这个么，有点夸张。你师母，人家可是高干子弟！她父亲是我们县劳动局局长。你不会知道，那时的一个县劳动局局长有多大的权力，多少人招工、安排工作，全在他一句话。我们……家境，不可同日而语。"

这勾起我无限伤感。我也来自农村，在当地也是底层中的最底层，低到家里的三合土地面下到处都藏着蚂蚁洞。我的童年几乎就和这些蚂蚁为伍。可能还有这个因素，师父对我特别好。

"你小子可别误会我或者我家里谁谁谁，沾了我这位泰山大人什么光！我从来没有，也不屑于沾她家半点光！"师父仿佛看透了我心思。

那么，我只能认为师父师母完全是将纯洁的革命友谊发展成爱情、最终水到渠成牵手到一起的。他们这一代还是有很多人把爱情当作信仰的，让我莫名地钦佩和向往。

随着给张德稳当徒弟的日子越来越长，我觉得自己很多时候判断失误，还是过于浪漫主义了。许多事情发展的路径并不和我的灵感保持同一个向度。比如，师父师母共同建造的爱情公寓，就不是透明的玻璃房子，好像有个什么人或者影子，夹在他们之间，不那么纯粹。

前年中秋节，我去他家送公司分发的过节物资，碰到两口子在吵架，吵得有点凶。师母显然急了："你就是贼心不改，还惦记徐春桃！"张德稳就像被武林高手点中了穴位的傻蛋，或者说，像一个气鼓鼓的橡皮轮胎被一枚钉子扎中，瞬间就泄气了。还有去年秋天一个周末，师父和好友几家子相约去昌平十三陵自驾游，我被喊上一起去并充当临时司机。天气很好，师父师母的心情看起来也不错，一路有说有笑。张德稳笑着说师母那件鄂尔多斯羊绒衫颜色显得老气了点。师母脸子一下垮了："什么好衣服穿我身上，都左右不是。穿徐春桃身上才好看，是不是？"好气氛戛然而止，像高速公路上的急刹车。

徐春桃是谁？我不知道。但能够肯定，一定是某个故事扣人心弦的主角，引起我强烈的好奇心。一次，趁张德稳喝得高兴，我坏着心眼若无其事地问："师父，徐春桃是谁？"

"徐春桃？谁是徐春桃？"他一脸警觉，一脸茫然。

"没意思了啊。我师母可是……"

"你臭小子！哦，徐春桃嘛，我嫂子。哦，不不，你师母的前嫂子。一个爱做白日梦的女人……嘿，提她干吗？来，喝酒！"一个肯定麻辣的故事连同一大杯啤酒被他一口咽下。我见识了张德稳诚实品质下的小小狡黠。

算啦，师父不想说的，做徒弟的总不能没完没了地刨根究底。不如喝酒，不如说说雪莉。虽然雪莉和张德稳都说塑料普通话，我还是听出他们尾音完全一样。师父也承认了，他们是正宗老乡。没错，一个县的。"兰波旺"的生意真不错，每天晚上几乎没有空座，我都是提前发微信或打电话给雪莉让她留座。每次接到我微信或电话，雪莉都兴奋得不行，我能感受到她语气里好闻的薄荷味。雪莉尽管忙，总会抽个空子到我们身边来，说上几句俏皮话，张德稳和我就特别开心。她们有规定，否则，一定会陪我们喝几杯的。

谁都看得出来，自我到了株洲，整个人变了。工作很卖力，仿佛浑身上下洋溢着使不完的劲，也更加用心，完全把工作当事业。每天一大早就跟着张德稳一头扎进工地，挥汗如雨，毫无怨言，直到暮霭慢慢降临。看见晚霞灿烂，想着不远处湘江的静静流水，就忍不住想为某人写首诗。当然，诗，还藏在灵感的某个角落，尚未露面。但不妨碍我借名人的诗句直抒胸臆："我们有时做过动人的大梦，单纯而热烈地生活，不去谈论邪恶，怀着崇高的爱情去爱一个女人，在她微笑的注视下辛勤劳动……听从责任，如同听从嘹亮的号角。"

听听，多好的诗句！"动人的大梦"，不是人人都说，中国梦，我的梦吗？

不过，有件事还是让我挺纳闷。这次张德稳带我来株洲，我满以为他会衣锦还乡。可是，快两个月了，他除了在工地，就是收工后拉着我去"兰波旺"。我很想问问他为什么不回白石铺，但没问。

"喝酒，喝酒！"

是啊，辛苦了一天，还有什么比喝酒更让人身心放松的呢！

有时，喝完酒，回到临时板房，我会良久伫立在工地。我特别喜欢夜深人静时的建筑工地，尤其是明月高照的晚上，宛如一部宽银幕电影里最撩动人心的场景。打桩机、起重机停止工作，像一尊尊安静的大力神，钢梁结构稳稳撑着一大片天空，也撑得住所有词句。整个工地就是一部未完成的史诗。

可是，如果一味喝酒，不说点什么，就是喝闷酒。喝闷酒是件挺没意思的事，多少有点煞风景不是？这就怪不得我总惦记徐春桃吧？

徐春桃是谁？这个问题一直纠缠我。

"情爱是种毒，这世上并无解药。"酒至半酣，张德稳对我说。张德稳目光支离破碎，像我读小学四年级那年，班主任怀疑我偷摘了校园的桃子，罚我写检讨。到了晚上，我用弹弓瞄准了小十二班教室的窗户，玻璃碎了，像碎了一地的月光。

"她是我们班文娱委员，能歌善舞。我是学习委员。李美丽是团支书。"我终于知道我师母的大名，"我和徐春桃中了歌德的魔咒，恋爱了。我们爱得很热烈也很隐秘。进入高二，正好赶上国家恢复高考。我发奋念书，一定要为自己，也为徐春桃挣个好前程。我如愿以偿。徐春桃和李美丽也都考了中专。也很不容易啊，那年头。春桃进的卫校，李美丽学的财会。就在我上同济那些年，李美丽的哥哥看上了徐春桃，对她死缠烂打……最后，他们结婚了……"

我唏嘘："看来，在现实这块巨石面前，爱情不过是一只易碎的鸡蛋。"

"不不，这不能怪她，不能怪她……"张德稳使劲摇摇头，好像要把什么怪念头从头脑里甩出去。

"那你又怎么和师母恋爱结婚了？"我知道我问得有点多，挺过分的。

果然，张德稳没接我话头。"喝酒，喝酒！"他举杯向我示意一下，干了。

又一次巧妙转移了话题。我一根筋，还在猜，也或许，他和师母结婚了，就和徐春桃成为亲戚，有了必然联系，能够名正言顺多接触吧。唉，生活有自己的逻辑，很多问题不能够穷根究底，也没有所谓的正确答案。

"还在瞎想什么呢！"张德稳的爪子比话先到，落在我脑门上。

"嘿嘿，没什么。来，喝酒。师父，我敬你！"

有些事，别人不愿意告诉你，不必去追问，硬要追问，得到的往往是谎言。何况，张德稳已经将自己隐秘的往事部分透露给了我，够哥们儿了。不不，是亲师父。我有一种满足感。

"她也有个哥哥，是知青，下放农村时，修水库被石头砸坏一条腿，落了残疾。因这个原因收回街道吃居民粮，可是一个残疾人是找不到工作的啊。"另一次吃夜宵时，我们还是没绕过徐春桃。

不知道这是第几次不知不觉说到徐春桃了。更让我产生一种感觉，张德稳这次带我来湖南，就是专门为了向我倾诉心里最隐秘往事的。

"李美丽的哥哥瞅准机会，找到了徐春桃父母，说可以通过当劳动局局长的父亲安排进县里的卷烟厂。卷烟厂啊,多少人梦寐以求的单位啊!当然,天上不会掉馅饼,他有个条件。不用我多说了吧?"

我还不至于那么不开窍。

"徐春桃的父母都跪在她面前了!谁受得了这个?"张德稳苦涩的笑容如水墨画,凝固在灯光映照着的脸上。

"她是我生命里遇到的最好的女人!她的美,让人欲罢不能,又让人揪心……唉!"又是半截话。每次都这样,像分期付款。张德稳长叹一声,惆怅无比。

此情此景,在"兰波旺"夜宵店,我不能不想起兰波的几句诗来:"如果我没有记错,我的生命曾是一场盛宴。在那里,所有的心灵全都敞开,所有的美酒纷纷溢出来。"

又是挥汗如雨的一天。又一座车间的钢结构安装好了。张德稳对工程进度和质量都很满意。我擦了把汗,想好好喘口气,写首诗什么的。

傍晚的风掠过湘江吹过来,扯了扯我衣角,神秘兮兮地说,天意高远,不如人间情爱。一个大地上的职业建造者、一个打桩人,喜欢在灵魂的虚无缥缈处建造空中楼阁,师父张德稳曾严肃地指出:写诗,早晚会害了你!

此刻,师父显然比我看得更远,他郑重其事地宣布:天快黑了。这一刻,张德稳体魄壮实,动作沉稳,话语简洁而坚定,男子气概十足。我明白他的意思,"兰波旺"门口的霓虹灯亮了。我二话没说,赶紧回宿舍,脱下沾满泥土浸着盐渍的工装,冲个凉,再换一身干净的休闲服。我赶在师父之前到厂子大门外叫一辆滴滴专车等着。芦淞区的夜宵一条街,不,准确说,"兰波旺"在等着师徒俩。

管他人生得意还是失意,以酒为友,夫复何求!

"走!"张德稳坐在前排副驾驶位,大手一挥,毋庸置疑,仿佛航母编队的司令官,一场决定大国命运的重大战役,就此一锤定音。

还是雪莉接待我们。一大盆冒着热气的超辣红油小龙虾摆在面前，像珠穆朗玛峰，等着我们师徒去征服。一打冰啤很快喝没了。我们有些酒劲了。有了酒劲，人便分不清大小。我说："师父，您没想过和师母离婚，再和徐春桃……"

"打住！"张德稳身子弹了一下，像是被我这个念头吓住了，"我们这代人可不像你们年轻人，动不动换个人来爱！"

我真听话。没再问，没再说，只顾喝酒。

"今天的小龙虾辣得好爽。再来六瓶冰的。"

"别，师父！"我脱口而出。桌子下横七竖八躺着一堆空瓶了，个个像不胜酒力的醉汉。

"尿啦？"张德稳不松口。

"好吧。"我只好认命。真受不了别人轻蔑的目光，哪怕这人是我师父，"雪莉，再来六瓶，冰的！"

雪莉像一只欢快的蝴蝶翩翩而来，笑得好妩媚，祸害人间的样子。张德稳也笑，好年轻的样子。张德稳的笑是送给雪莉的，好像她这个正宗老乡提来的冰啤是免费送的，我们白捡了个大便宜。同样，蝴蝶般的光影从天花板吊着的那只有无数个棱镜的滚动圆球折射过来，奇迹般自然。

半打冰啤又放在我们桌上，雪莉向我抛一个媚眼，扇动羽翅又飞往别的酒桌。我举着玻璃杯，目光在光影里寻找着什么，若有所思。

"徐春桃和他还是过不下去，离了。她得了严重的抑郁症。可她从来不告诉我她心里的苦。她为什么不告诉我？为什么？为什么不让我帮她一把？"张德稳真的喝高了。

"你睁开眼睛瞧瞧这个世界，哪里还有这样愚蠢的女子？打着灯笼都找不到！可是，可是，她为什么最后要走向一条绝路？她……呜呜……"一个大男人的哭相也太难看了！我吓坏了，紧张地望望四周。还好，谁都沉浸在自己的世界里嗨皮着，谁管谁啊！不过，我觉得还是提醒张德稳注意形象比较好："师父，师父，这叫怎么回事嘛？喝酒，喝酒！"

张德稳也觉得自己失态了，眼泪都顾不上擦，赶紧笑了笑。笑比哭还难看。

"我永恒的灵魂，注视着你的心，纵然黑夜孤寂，白昼如焚。"我的天啦，这是我师父张德稳吗？居然脱口背出兰波的诗句！

他望着我，举起玻璃杯，一饮而尽，从牛仔裤裤兜拿出皮夹子，抽出一沓百元钞往桌上狠狠一拍，好像与那些钞票有仇似的："说好了，这顿归我！"

皮夹子里掉了张什么，飘在地上。

雪莉听到动静，又翩翩飞到我们身边。

我弯下腰，捡起掉在地上的纸片。是一张旧照片，两寸见方，120海鸥相机拍摄的那种。在明亮的射灯下，我看清了，一个青春妙龄女子站在一树盛开的桃花之下，笑得天真烂漫，无公害的样子。

"My God！"我的惊讶不是装的。我深刻地注意到，如果她们的发型——一个酒红色大波浪，一个乌黑的清汤挂面——可以忽略不计的话，照片上的姑娘和站在我身旁的雪莉，就像桌上的两杯冰啤，一模一样。

2020年7月6日—7月9日写于长沙

刘起伦　湖南祁东人。1988年春开始写诗，2018年春开始尝试小说创作。诗歌、散文、小说作品散见于《人民文学》《诗刊》《中国作家》等杂志。曾获《诗刊》《解放军文艺》等刊物的诗歌奖，以及2016湖南年度诗人奖、《芳草》杂志2019年度诗歌奖。

非虚构

洪忠佩／**大湖镜像**
王小忠／**光阴下**
程　远／**朋友们**

大湖镜像

◎洪忠佩

鄱湖鸟，知多少？来时不见天和日，落时不见沙和草。

——鄱阳湖民谣

往事与回归

一

跌宕、变幻，云彩与湖光一起交织叠化，那种清亮、轻盈，以及浩渺，似乎都在随着鄱阳湖的湖风在转换。那种千变万化的绚丽，美得别开生面，触及人心。冬去春来，云诡波谲，鄱阳湖时光的消散好比是湖水的涨落，有些在遁迹，有些却在显现。候鸟是什么时候开始恋上鄱阳湖，留鸟又是什么时候开始在鄱阳湖安居的，我已经很难去考证到某一个具体的年月了，而获知鄱阳湖的候鸟真正受到关注与保护，是20世纪80年代初的事了。后来，鄱阳湖候鸟保护区的保护等级一步步提高，晋升为国家级保护区。

这一切，就像鄱阳湖的湖岸线，漫长而丰饶。

水，无疑是鄱阳湖的重要元素。无论是以鄱阳湖湖水而衍生的鱼与草，还是人和事，经年飘逸散发着湖区的烟火气息。比如，食客们餐桌上青睐的藜蒿，鄱阳人却谓之"鄱阳湖的草"。是鄱阳人在贬低藜蒿吗？那倒未必。"正月藜，二月蒿"。藜蒿在湖岸一丛丛生、一片片长，青的、绿的，到处都是。或许，是藜蒿长得太多的缘故吧。再说了，鄱阳湖丰富的鱼类资源，那都是当地渔民过往日子的铺垫与滋养。

试想，哪一个祖祖辈辈生活在湖区以及以湖区为生计的人，能够在一湖碧波中抽身而出呢？过往的事，很难定格下来。而从小在湖区长大的王来发，经历一波三折，却在记忆里留下了很深的烙印。只是，他怎么也没有料到，我会落座"柏垭渔村"与他聊他的过往，以及他救助天鹅与护鸟的事。

其实，我与鄱阳湖以及双港镇都有过交集。几年前，为寻访和拜谒在蒋家村龙吼山的洪迈先生墓，我不止一次到了鄱阳县的双港镇。我对洪迈先生感兴趣，并不是因为他在赣州、婺州等地任过职，以及作为宋朝的使臣出使金国，而是我与他共祖同宗，还有他写过一部名为《容斋随笔》的书。"出污不染存浩气，满腹经纶济世人。"墓地上的联文，应是后人对洪迈先生最好的缅怀。

一旦遥远的事连缀延续上了，遥远就不再遥远，恍若昨天。

路上的人和事，遇见即是缘分。

彼时，我邂逅了双港镇长山村"保护候鸟骑行队"，骑行队两人一组，每天骑行20公里义务宣传保护候鸟。到了长山村才知道，鄱阳湖因鄱阳山得名，而《鄱阳县志》上说："鄱阳山即今县西北湖中的长山。"长山村的杨兰喜，既是村党支部书记，又是"保护候鸟骑行队"的队长，队员是村里的十位渔民。自行车、雨衣、手电筒，是他们出行的装备。不可否认，在观鸟现场，人的视线是有限的，真正要看清鸟的日常生活细节，要借助高倍的望远镜。人的视觉也有误区，比如湖区有太多的候鸟，成千上万，白乎乎的，铺天盖地，一群落下，一群又飞起，似乎空旷感在缩水，看着看着，又好像湖区的空旷感在放大。是的，无限地放大。像"鸟鸣山更幽"的感觉一样，湖区与天空有了飞翔的候鸟，会越来越无边、高远。

何况，还有一如天空浩瀚的湖水呢。

事实上，我在长山第一眼看到鄱阳湖的候鸟时是屏住呼吸的，然后是惊讶、激动，已经分不清哪是天空哪是湖面了，满眼都是飞舞欢叫的候鸟。而后，眼睛潮了，模糊一片。我想，其他人看到湖区壮观的候鸟，是否会有像我一样的感受呢？

那个冬日，我在长山听到鄱阳湖候鸟的叫声，特别暖心。

而所有这些，也是我与王来发增加谈资的基础。

二

很难想象，王来发柏椹渔村所在的地点，原来是柏椹人家居住的地方。

相对于"渡口里"这个土名，我还是觉得原先的"虎仕湖"这个名字大气。从路程上看，虎仕湖距蒋家村龙吼山7公里左右，离长山村也就13公里的样子，转来转去，都在双港镇的区域内。然而，丰水期，湖面开阔，那注入鄱阳湖的南湖、西湖还有内湖，我是很难分得清的。而这些湖的水，又是什么时候开始与注入鄱阳湖的赣江、抚河、信江、饶河、修河汇合的呢？我无从找到答案，却只看到双港尧山至白沙洲车门之间，有一道近百里的长堤坝——珠湖联圩，切断了鄱阳湖湖水。联圩，即堤坝，坝面很宽，可以当公路行驶汽车。王来发告诉我，珠湖联圩是20世纪70年代鄱阳为解决沿湖水患，举全县之力修筑的。

柏椹，在双港镇乐兴村一隅，是王来发的家乡。王来发的父亲王炳岗有一手打船的绝活，是当地颇有名气的船匠。渔船，无疑是鄱阳湖湖区主要的生产生活工具。想想，捕鱼、出行、载物，甚至嫁娶，哪一件能够离开船呢？然而，到了20世纪80年代，电焊工艺的出现，以及儿子宁愿捕鱼，也不愿学打船手艺，都是王炳岗始料未及的。

安身立命的传统手艺，说黄就黄了吗？

当时，王炳岗只有冷眼看着这一切，尽管心有不甘，但又能怎样呢？木料越来越金贵，铁壳船、机帆船越来越耐用，都是不争的事实。最终，王炳岗对木船龙骨松手了，也就意味着他对斧头、锯子、刨子、大锤等打船工具彻底放弃了……

没有传承父亲的打船手艺，王来发说起来心里还是感到几分愧疚。

在二十多年前，正是王来发处于低谷的时候，他从鄱阳贩运水产到江苏无锡、浙江杭州等地，都以亏本告终，结果是欠下了十多万元的债务。做生意亏本的日子，是个梦魇。对在鄱阳湖长大的人来说，湖水的气息就是家的气息，然而，王来发却不得不留在浙江打工。在他眼里，谋生城市所有的气息都是呛人的。那时，正是打工潮泛起的时候，仅双港镇在浙江余杭打工的就有3万多人。

即便，生活有千般愿景，王来发还清债务后就毅然决然回到了生他养他的家乡，开始重操旧业，下湖捕鱼。同时，他兼任了柏垾村民兵营营长。

2000年冬的一天早上，王来发收网回家时在湖边捡到了一只受伤的天鹅。看到天鹅奄奄一息的样子，王来发心里愈发着急。思来想去，他打电话找到了时任鄱阳县公安局副局长的汪国桢。遵照汪国桢的意见，王来发立即把天鹅送到了鄱阳县林业局。不承想，当时鄱阳县还没有候鸟救助站。于是，王来发又辗转把天鹅送去了都昌候鸟医院。县电视台跟踪采访，王来发救助天鹅的事不胫而走……

差不多二十个年头了，王来发说起当年救助天鹅的事还是历历在目。那天，王来发马不停蹄地跑来跑去，容不得他去多想，抱在手里的是一只受伤的天鹅的命啊！

三

靠湖吃湖，每天捕鱼也只能糊口而已。要想赚钱，让一家人过上好日子，必须寻找其他门路。毕竟，王来发在外闯荡多年，是见过世面的。他经过一番市场调研、论证，决定利用当地渔民的养鸭资源办酱板鸭厂。

产品的品质要想好，原料是关键。王来发与当地的养殖大户陈松庆合作，选用人工繁殖的斑嘴鸭（人工杂交第三代）做酱板鸭的原材料。也就是说，王来发的酱板鸭厂，既解决了养殖户的销售问题，又满足了人们的味蕾。

一个在鄱阳从事酱板鸭加工的人，与鄱阳湖的野鸭切实有缘分：2017年11月初，王来发组织村民去毛粗湾疏通河道，看到两只斑嘴鸭撞到了渔民的渔网上，他立即上前拆网解网，然后喂饱，放生；去年端午节的前一天，许多渔民把捕鱼捕虾的地笼晒在虎仕湖边上，王来发发现几只俗称"红脚板"的野鸭仔钻了进去。他逐一打开地笼，小心翼翼地把野鸭仔一只一只地掏出来。望着野鸭仔扑棱棱地飞走，王来发终于松了一口气……

与其说王来发迷恋加工酱板鸭的传统工艺，还不如说他更多是迷恋家乡特产的味道。一旦酱板鸭的产销稳定了下来，他又陷入了新的困惑：酱板鸭加工季节性强，都集中在下半年挨边过年那几个月，能忙得不可开交。平时呢，闲得慌。王来发是渔民出身，几年下来又开始念起了老本行。然而，他选择的不是去捕鱼，而是承包水面进行生态养鱼。

尽管王来发已经过了知天命的年龄，他身上依然有一股子闯劲。他在养鱼的同时，套种了120亩荷花，在荷塘上办起了柏垄渔村。如果以湖为中心，柏垾渔村属于珠湖联圩的外围。渔村是王来发与妻子王茶园为来往观鸟的游客提供服务的农家乐。在王来发看来，万物有灵，人们能够受一个大湖的吸引，不顾路途遥远跑到鄱阳湖来看草滩与候鸟，说明他们心中都是有爱的。只有爱鸟的人，才会来观鸟。王来发作为一名基层的护鸟人，他从心里喜欢与爱鸟的人打交道。

虽然池塘里荷花长得茂盛，茎、叶、花都显得壮硕，密密匝匝的一片，但有空当的地方，仍然可以看到有鱼在游。"咕咚"，似乎是鱼跃出池塘水面的声音。然而，空气中飘着腥臭的气味，或远，或近。王来发看出了我的疑惑，他摇摇头说，没办法，池塘的鱼经常让池鹭啄了，赶都赶不走。天气炎热，没有来得及捡，很快就有了味道。"现在还是算少的，等候鸟一来，野生的鹭鸶、灰鹤、斑嘴鸭都吃鱼，鱼苗就遭殃啰。"

如果不是听鄱阳县林业局的黄青说起，王来发根本没有打算告诉我损失的事。他顿了顿，掰着手指头给我算了一笔账：2018年好不容易承包了2800亩水面进行生态养鱼，计划每亩产量230斤，结果人算不如天算，实际产量只有计划的一半左右。原因呢，就是放养的鱼苗有一部分被鸟吃了。"你说说，鸟吃了，我找谁算账去？话又说回来，现在日子好过了，那些鱼苗就权当赏给候鸟了。其实，怎么想就取决于人的取舍，没有这么多候鸟来鄱阳湖，谁又会来我的柏垾渔村呢？"

夕阳西下，柏垾渔村池塘边来了两个手擎竹竿的女孩，那竹竿上套着椭圆的篾圈，篾圈里粘有蜘蛛网，她们分明是在套蜻蜓吧。女孩还处在不谙世事的年龄，她们嬉闹着，追逐着，惊飞了池塘边踱步的池鹭与苍鹭。

联圩面对无念岛的位置视野开阔，是最好的观鸟点之一。然而，我到鄱阳湖是夏季，不是观鸟的季节，没有看到观鸟的人流。不过，我还是从在湖中坐渔船穿梭时看到的鹭鸟、鸥鸟翱翔的景象中感受到了一种安宁——那种人与鸟和谐相处的安详与宁静。王来发与黄青一样，讨论与关注的是小天鹅、豆雁、灰鹤、东方白鹳等候鸟在一年之中什么时候出场，什么时候退场，还有什么鸟会留下来在鄱阳湖安家。

"候鸟是要大家来保护的。"是的，正如王来发所说，保护候鸟不分你我，不分年龄，不分区域，甚至不分国界。

四

夏季的最后几天，酷暑难耐。长时间在阳光下行走，热浪一阵阵扑面而来，难免会有眩晕的感觉。每天早出晚归，都期待与一场雨相遇，然而总是事与愿违。好在一路上都能看到云霞与湖水，都有蝉鸣与鸟叫，都有护鸟人的故事在更新。辞别王来发时，我的目光随着飞翔的鹭鸟掠过绿色的田野。

一程接着一程的访问，我想在江西生态与候鸟保护的大背景中去发现护鸟人更多的细节。而我记述的往事与回归，是以文字的形式在向护鸟人致敬。或许，在柏堑，在乐兴，在双港，在鄱阳，甚至在江西，类似王来发的人有很多，只是我很少有机会走近他们而已。

说实在的，我一踏上珠湖联圩，就莫名地喜欢上了联圩的弧度，以及依偎着联圩的坡的弧度，还有湖的弧度。似乎那弧度正好适合湖水的荡涤，适合水鸟的翻转、滑翔。鄱阳湖的水域是一方秘境，在这方秘境里，还藏着多少不为人知的秘密呢？伫立在联圩之上，一面铺展着田野村庄的生发与祥和，一面展现的是鄱阳湖碧水连天的秘境。逆着光，远处湖面上的渔船一叶扁舟，而飞翔的鹭鸟、鸥鸟呢，好比是一个个闪动的点，慢慢地飘移着，最后融入天空与湖水，融入村庄与田园。

暮色起了，湖面上还泛着粼粼波光，好像许多鱼在游弋。晚风吹过，倦鸟的鸣叫一声比一声远，它们也开始归巢了。

南矶与守候

一

哪儿是太子河呢？

即便站在黄湖大堤上，我还是没有发现阻隔黄湖与南矶山的太子河，更不用说那赣江注入鄱阳湖后，流速变缓，泥沙淤积而形成的湖汊草洲了。丰盈、舒缓、浩渺、壮观，是鄱阳湖南矶山湖区逐渐呈现在眼前的面目。倘若没有天空的云朵以及湖中的芦苇，湖面水泱泱的，远方也看不到天际线，满目俨如一片虚空。

夏日的阳光白晃晃的，显得有几分毒辣，迎面的湖风也无法消解头顶的灼热。刚刚吹皱的湖面，一下子就摊平了，芦苇摇曳的碎影也开始在湖面上复原。芦苇露在湖面上，矮的只有一尺的样子，高的足有一人多高，而芦苇秆上呢，像枯了似的，只有梢上张着几片绿叶。在芦苇边，叶鞘肥厚、成片倒伏的是菰。这时，湖水是柔软的，时间也是柔软的，那湖水与芦苇依偎缠绵的样子，不管不顾的，倒是超然。偶尔，有夏留鸟像是对湖面与天空留白的一种点缀，从芦苇荡中扑棱棱地掠过湖面。不远处，还有池鹭在叼鱼。无论怎样去追随，我的眼睛已经不够用了。

真正亲近鄱阳湖湖区，是当我坐在段漠山开往南矶湿地国家级自然保护区南山管理站的巡逻艇上。段漠山有一手绝活，他不用借助导航等辅助设备，凭双眼就能够在无边的湖面上航行。湖面看似平静，水底却到处都是水草、渔网，稍有不慎，就会缠绕到螺旋桨。然而，段漠山却胸有成竹，他对航行的湖面应是了然于心的。巡逻艇犁开湖面，一转一绕，视野就开阔了起来。

许是天气太热，或是错过了渔民的收网时间，湖上渔船三三两两的，稀疏、寥落。渔船是木质的，瘦长、细小，而商家收鱼的大船却是铁质机动的，已经开到了湖心，也就是说，渔民不用靠岸，鱼获直接就被商家收走了。

鄱阳湖湖区的鱼品质好，才会这样抢手。据说在鄱阳湖，湖水煮湖鱼是至味，可惜我至今无缘，还没有这样的口福。

欸乃一声，渔民的木船在前方湖面上悠悠地行进，不知他们的木橹会把日子摇出多少涟漪。

二

南矶山是南山与矶山的合称，形似一只振翅欲飞的凤凰。在历史的长河里，南山人以捕鱼、耕种为生，矶山人却以打石为主——采下当地的"红石"卖给附近的村庄建庙筑屋，而捕鱼只是副业。再往前去追溯，南矶山还是元朝末年朱元璋在鄱阳湖大战陈友谅的水军基地。

作为一位访客，我去追寻这些宛如云烟的历史，就像追寻湖面上漾起的波纹，一波推着一波，一波又覆盖着一波。想想也是，别说历史的云烟了，就当下南矶湿地国家级自然保护区3.33万公顷的总面积，仅核心区就有2000公顷，我的目力无法一下子企及。何况，这里还是东亚—澳大拉西亚水鸟迁飞区，已经成为水鸟重要的越冬地——每年越冬与过境的水鸟有90余种8万多只，占了鄱阳湖候鸟总数的一大半。

我到南矶山时是鄱阳湖丰水期，虽然没有机会去目睹候鸟迁飞的生动场景，却聆听了工程师郭恢财对南矶自然保护区在候鸟保护上许多做法的讲述。郭恢财干练、直率、健谈，十年前在南昌大学硕士研究生毕业后，一直在鄱阳湖南矶湿地国家自然保护区管理局工作，他对保护区自然资源与候鸟保护的做法可谓如数家珍，能够把自然保护的概念融合、注释到南山站的每一项具体工作中。

鄱阳湖湖区丰水期万千气象，枯水期湖汊草滩毕现，鱼、鸟争水争滩，矛盾逐渐显现是前些年不争的事实。问题是，渔民靠湖吃湖，以养鱼、捕鱼为生；而保护区呢，要营造安全的候鸟栖息环境。要想妥帖地平衡好两方的利益，南山站采取了许多办法，进行了多种叙事方式。譬如利用"中央财政湿地补贴项目"的政策、资金，采取"点鸟奖湖""权属流转""协议管湖""以田补湖""阵地前移""立体监管"等模式，把保护候鸟的阵地前移。想想也是，就渔民与保护区而言，只要认识与理解上没差异，利益上没冲突，共同从保护与可持续发展的角度去考量，所有的问题都会迎刃而解。

事实上，每年鄱阳湖的湖水退去之后，湖汊草滩也不是一成不变的。况且，从地理位置上看，南矶山湿地保护区处在鄱阳湖湖区的中间地带，许多地方等于是处在3市15县（区）交界的"插花地带"，候鸟保护真的可谓任重道远。郭恢财告诉我，候鸟重点栖息区域有5个季节性保护点，巡护员每一次上路都必须带足十几天的粮食。持续干旱、持续洪涝、极低温度、非法围垦、湿地种树、过度捕捞，所有这些都是鄱阳湖湖区将面临的威胁，稍有偏差，就会给候鸟家园带来灾难。

三

出乎意料，驾驶巡逻艇的段漠山竟然是南山站巡护队的队长。

段漠山长得敦实，皮肤黝黑，说起话来也推心置腹：2013年到南山站应聘巡护员时，他是有私心的。当时，他刚刚结婚，妻子在卫生院做护士，想等生了孩子再出去打工。

段漠山的家在南矶山乡红卫村，离南山站只有三公里左右的路程。到了南山站，段漠山才知道巡护员在枯水期每天要走30公里左右的泥泞路程，要去的地方大部分是草滩泥潭，甚至还有沼泽地，还要随时应对途中的突发情况——

2015年1月的一天，气温骤降，一只小天鹅的卫星跟踪器在神宕湖失去了信号。那是一片由杂草与淤泥混合的沼泽地。100米左右的距离，段漠山耗时30分钟才靠近小天鹅。

2017年1月中旬的一个下午，段漠山接到群众举报，说是都昌与鄱阳两县交界的区域疑似有偷猎者。他与同事潜志毅、曾冯磊一起，冒着零下1℃的低温去湖区排查，路上又遇到气垫船出现故障。天黑了，他们只能背着睡袋往回赶。

2018年12月27日，段漠山与队友邱朋飞、万仁清在余干与新建交界处巡逻，发现有二男一女神态异常，结果在他们的蛇皮袋里检查出高毒农药呋喃丹，以及绿翅鸭、苍鹭等。

冬天的湖区，满地看去像一个硬皮壳，若是皮壳破了，一米八的拖拉机轮胎都会陷下去一大半。有的地带，即便是履带运输车也无济于事。对于段漠山而言，最为可怕的还是鲜为人知的沼泽地。通常，他在沼泽地里行走，除了处处面临着暗藏的陷阱，身体消耗的体能不亚于在没膝的雪地里行走。

……

在外人看来，段漠山的工作是枯燥无趣的。而段漠山却不这样认为，他觉得因为热爱，心中就多了想象的天空与翅膀。工作久了，能够与候鸟相伴，不失为一件快乐的事。

选择做巡护员，又当上巡护队队长，段漠山是需要勇气的——他是土生土长的本地人，意味着他比其他人在日常工作中要做得更多；再者，他要惦记与操心的事也会更多。慰心的是，巡护员有一个属于自己的节日——世界巡护员日。每年7月31日，大家都会庆祝这个属于自己的节日。

四

"吉，吉，吉呀……"

段漠山的手机铃声是自己录制的"鸟的集合令"。在他的手机里，先后录制、储存了小天鹅、丹顶鹤、东方白鹳等117种鸟的叫声。这真是一个令人诧异而咋舌的数字。这么多鸟的叫声，都是在没有任何专业设备的情况下录制的。

似乎，只要一坐下来谈鸟，段漠山和他的巡护队的队友话语就多了：通俗地说，嘴巴尖、个体大的鸟就是重点保护的对象，像鹳、鹤、小天鹅，都在此列。还有，谁与万松贤站长一起做了水鸟统计调查，谁与谁参与了国际鹤类基金会组织的南矶山湿地保护区乡村观鸟导游培训，又有谁与谁去周边学校开展候鸟科普宣传了……看得出，他们对候鸟的热爱是渗到骨子里的。让段漠山感到欣慰的是，不管巡护路上多么艰辛，他还没有见到一位队友是消极怠工的。

巡护员的日子是庸常的、琐碎的。越是平常的工作，越是容易被忽略。好几次，我禁不住问他们同一个问题，那就是巡护工作中记忆最深的是什么。没想到，都各有各的答案。有的说是巡护、拖船，有的说是夜间巡查，也有的说是科研监测、生物量监测、浮游底栖生物监测……

"像保护家人一样保护候鸟。"朴素、炽情，这是南山站巡护队队员的集体心声。有他们与恒湖站巡护队的同行并肩携手，才有了南矶湿地国家级自然保护区"偷盗打猎候鸟行为几乎为零"的佳绩。

五

本来从鸿雁路折返南山码头就可以回南山站了。然而，我没有选择原路返回，而是走进了村巷。村里房屋鳞次栉比，一栋比新建的房屋矮了一截的老屋以及门脑上"凤继来仪"的匾额引起了我的注意——匾额是用矶山的红石雕的，繁体、楷书，工工整整。屋主是一位叫万时香的老人，已经进入了耄耋之年，而祖居屋还要比她年长一百多岁。凤凰，在民间是传说中的神鸟，吉祥、和谐，而"凤继来仪"应是对祥瑞的祈愿吧，又或者是对南矶山凤形村庄的一种呼应。

趄出村口，路边的芦苇长得恣肆，我踮起脚尖都不够芦苇一半高，那粗壮的芦茎一如甘蔗挺拔。所谓"蒹葭苍苍"，是否是描述这样的长势的呢？湖风拂来，绿意婆娑。几只苍鹭站在湖边，见到生人也不怕，还是坦然自若的样子。

俗话说，秋前十日秋。公历8月刚刚露头，农历也就刚踩着七月的脚步。算起来，离立秋还有几天辰光，暑气并没有半点消解的意思。有道是"七月秋，样样收"，那在此后将迎来怎样的日子？蝉，不像湖区的留鸟，很难现身，它只躲在香樟、构树、杜英树上"秋了，秋了"地急切叫着。别说蝉，生活、工作在南矶山的人也一样，谁不希望秋天早些到来呢。巡护是一种守候，心中的希望亦然。

秋天一到，离鄱阳湖候鸟越冬的日子就越来越近了。

洪忠佩 江西婺源人，中国作家协会会员，鲁迅文学院第三十三届高研班学员，江西滕王阁文学院特聘作家。发表散文、小说等作品三百多万字。作品散见于《青年文学》《北京文学》《芳草》等杂志，作品多次获奖并入选多种选本。出版散文集《影像·记忆》《婺源的桥》《松风煮茗》，长篇小说《见素抱朴》。

光阴下

◎王小忠

1

十五年前，当草原一片葱绿时，我告别了学校，离开了靠父母供养的日子。立秋之后，坐上大巴，带上被褥和锅碗瓢盆，离开了家乡，我成了异乡人。

刚毕业就有了工作，这在边远农牧区不算什么。何况漫无边际的草原上，再重要的消息也无法传得四野开花。可对我和家人来说，这却是一件大事，因为有一份工作，就可以卸下家人的操心和负担。能被分配到一个小镇中学，我做梦都没想到。那个时候，十之八九的师范类学生都被分配到遥远的牧村小学去锻炼。我们是包分配的最后一批学生，之后就开始了考试上岗。

我报到之后，因没分到宿舍，也和领导争吵过。学校原本有宿舍，可轮我头上就没有了。争吵也是因为当初年轻气盛，不愿逆来顺受，可吵过之后宿舍依然没有分配下来。不过也好，住在外面比住在校内自由多了。

小镇上风景优美，每隔五日便有集市，热闹非凡。小镇还有一条河，叫冶木河，四季长流，清澈见底。冶木河是洮河西岸的支流，是甘南境内洮河支流中流经县份最多、流域面积最广的一条河。小镇身居峡谷之中，四处峭岩壁立，凶险有致。洮河一路连打滚爬，经草原，过草地，穿峡谷，到了这里变得柔和多了。

我租的房子就在冶木河边，房主是两位老人，儿女们都在外地工作，整院房子几乎空着。东厢房两位老人住，西厢房租给了我。西厢房共三间，由我支配。一间厨房，一间卧室，还有一间依然空着。桌凳是从学校借的，但床必须买。小镇距县城很远，我只好听取了房主老人的建议，去找那个小木匠了。

小木匠姓陈，浙江人，四十多岁，个头不高，清瘦，留有两撇小胡子。陈木匠不大说话，但活做得快，而且好。不到两天时间，就做好了一张床，不是简易的那种，而是当下流行的箱子床，下面有抽屉，有床头，还有床头柜。做好床之后，他又用剩余的木板给我做了一个擀面的案板，还用枇杷木为我溜了一根擀杖。我十分感激，于是请他吃了一顿饭。

我和陈木匠原本不认识，自然谈不上交情。可过了十来天，他来找我，开门见山就说，明天给你的床喷漆。喷漆一事不在计划内，他既然来了，就不好拒绝。很显然，喷漆他不在行，折腾了好几次，整个房间充满了油漆的味道，眼睛都睁不开，床头及床头柜上所喷之漆像钝犁划过硬地一般，行行历历在目。这一折腾，害得我有居所而不能睡卧。

于是我不得不在陈木匠家寄居几日。陈木匠真诚邀请，盛情难却，我只好跟着去了。小河村的那个小院子是他租的，院里堆满了木板。房子有五间，他全占了，一间自己住，其余放着为别人做的家具。

陈木匠邋遢，他住的那间房几乎连放脚的地方都没有。一个圆盘生铁炉子，炉面上全是煤渣。炉旁的黑铁锅里捂着几个碗，茶杯生满了暗红色茶锈。既然来了，就不能过多讲究。我认真给自己洗了茶杯，他有点不好意思，说，这里来的虽然是常客，但都不进屋，谈完价钱就走了。

和陈木匠要挤在一个炕上，我不情愿，但没办法。当然，陈木匠也没有要睡的意思，他取出了一瓶酒，拉出彻夜长谈的架势。刚刚认识，谈些啥？陈木匠喝了不到二两，话就多了起来。从老家台州一直说到小镇子，从行走江湖一直说到当下的木匠活，连摆地摊卖老鼠药的事情都没放过，可唯独没有提及家人。

中医世家的孩子，怎么就流落江湖了？从富庶的江南怎么跑到贫瘠的西北？从波澜壮阔的钱塘江为何转移到洮河支流的冶木河？陈木匠有着怎样不为人知的人生经历呢？我一边听，一边有意提示着。陈木匠终于说起他行医的日子，不但如此，他还从一个木柜里取出好多中医书。

他说他医治过好多疑难杂症的病人，但因为自己没上正规的医疗卫生学校，也没能取得行医资格证，看病的人都是偷偷到家来看的，他只能把脉开方。然而事情还是出了，出事后坐了几年牢，交了许多罚款，之后就一穷二白了。

有证的看不好病，看好病的没有证，是有人故意告了他。他又说，虽然出事儿了，可上门求医者还是络绎不绝，但他发誓不看病了。不看病就没有收入，日子就过得潦倒，于是他便行走江湖。做木匠活也是两年前的事情，从南方到北方，他是做沙发起步的。定居小镇子，是因为在这里他找了一个相好的女人，那女人愿意照顾他和他女儿。

陈木匠似乎不大愿意说起和女人有关的事情，有点微醉的他突然唱了起来，唱的是江浙一带的民歌，我一句都听不懂。唱完之后，他就躺倒了。已是后半夜了，我只好在炕的另一半迷迷糊糊躺着。天亮时分去了一趟厕所，竟然没有尿出一滴尿来。之后匆忙赶到学校，早自习课上，憋着的那泡尿差点要了我的命。

2

彻底融入小镇子，大概花了一年半时间。觉着日子倒滋润，早晨从被窝里爬出来，看孩子们仰头在操场四周背书，心里也被幸福和实在填得满满的。然而，我们活在尘世里，就免不了面对一些繁杂的事情，无法将自己从现实中剥离出来，除了忍受，还得接受。

陈木匠和我的交情并没有大的进展，虽然从一张床、一个案板、一个擀杖开始有了交往，甚至共度了几个夜晚，但始终没有亲密起来。我和他真正熟悉起来，是一年后的事。一学期开一次家长会，我要求无论多远多忙，家长务必参加。也因为这点小小的要求，许多学生对我敬而远之。家长更是如此，因为很多学生的家长都在外打工，仅仅一次家长会，他们是不会回来的，或者他们在电话里给我敷衍几句，拐弯抹角说我这个人特麻烦，孩子送到学校后，不就是老师的责任吗？

陈木匠就是陈丽娟的父亲。如果不开家长会，我是无法知道的。因为陈丽娟是班上学习最好、问题最多的学生，于是我不得不和陈木匠的联系多了起来。

他的名字叫陈兵，几次交流后，他终于说起他的家庭和女儿来。

也是十几年前的事儿了，那时候他的家族在地方上声名显赫，他也是趾高气扬。也是因为家里有钱，做人行事上他有点像纨绔子弟，三瓦两舍没少去，男女之事上更是乱得一塌糊涂，唯独行医小心翼翼，最后却落得如此地步。优秀的女人看不上他，他只好找了个村里不大正经的女子。结婚不到半年，女儿出世，日子过得愈加紧张，女人怨恨不断，于是他就出门了。几年之后，当他回到老家时，女人早不见了影子。那时候女儿已懂事，女儿不大说话，也不和他亲近。于是他再次出门，直到流落于此。将女儿接过来，也是近几年的事。

我知道，陈兵隐瞒了许多细节。不过这并不重要，谁能如此完美地把握住自己的一生？谁不曾在光阴里迷失过？重要的是，如何把握好余生。就凭陈兵如此坦荡地告诉我关于他的一切，我想，至少他不是十恶不赦之徒。

陈兵说，到小镇子后，他起先给人家包沙发，后来开始做家具。租了一个小院子，也认识了许多人，大家都觉得他手艺好，因而特别照顾他的生意。这期间，他认识了一个女的。人一辈子不能孤独到老，况且女儿大了，总也不能死死守在他身边，于是他就和那个女人走在一起。女人的丈夫去世后留有一个儿子，还有几间房屋。最初还不错，可几年以后情况发生了变化。她儿子脾气犟，好几次都不让他进门。说到这里，陈兵眼眶里都溢满了泪水。又走错了一步，错了是要更正的，可是眼下的事情根本没有改正的余地。他继续说，自己的女儿偏偏跟人家母子关系好。女儿到底是不是亲生的？他断断续续说着，我听得也是身心疲惫。

后来我劝说过陈丽娟，也给陈兵做过思想工作。可是他们之间始终无法和解，像陌生人一样，根本不给对方一点原谅的机会。陈兵对陈丽娟除了呵斥，别无他言。陈丽娟对陈兵冷若冰霜，除了瞪眼，从不搭话。我不知道他们之间有着多大的误解，或是仇恨。他们之间的隔阂是言语无法解开的，我看出了这点，但也没有办法。

陈丽娟在学习上很刻苦，有股不甘落后的狠劲。但她在整个班集体里显得孤独，从不和其他同学交流，也不一起活动。陈丽娟的那种孤独像是有意的，她有意将自己置于孤独之中，意欲何为？我单独开导过她，她只是点头，却不说话。

陈兵好话一句都听不进去，出口就说，她不是我生的。对于陈兵这样的说辞，我还能说些什么？

冶木河将小镇划为两半，流水清澈可人，小鱼欢快游窜，滨河路上商铺横七竖八，叫卖声和着哗哗的流水，夜以继日，生生不息。大家都忙着各自的事情，谁有闲心留意他们之间的事情呢？于是我也放弃了他俩，我觉得我尽到了责任，而剩下的只好留给光阴了。

3

小镇的北山像麦垛，人们都叫它"小麦积山"，小麦积山高，很危险，谁都不愿爬到上面去。有年4月，冶木河开始暴涨，一对青年男女从小麦积山上滚了下来，滚到山下，两人还死死抱在一起。据说他们是同学，种种原因使他们不能走在一块儿，他们就殉情了。后来山下住的几户人家也搬走了，再后来，小镇上发了一场大水，山上流下来的水在那儿积了一个很深很大的湖泊，再后来，那儿成了一处风景游览区。

所有的日子不会一成不变。小镇在旅游业被大力开发的今天，发生着深刻的变化。以前的小瓦房不见了，舞厅也被酒吧所替代。一种文化消亡，当然是另一种文化的突起。我依然在小镇上出没，精心打理着自己的生活。

活着是最幸福的，我们在幸福中不知不觉就学会了放弃和贪婪。没有人再从小麦积山上滚下来，小镇上的青年们个个爱得很自由。然而让我十分恼怒的事情还是发生了，陈兵的女儿陈丽娟就在小镇子4月来临的时候不见了。

陈兵耷拉着脑袋，六神无主，坐在门槛上抽烟。这件事情没有征兆，也不在预料之中，但已经成了事实——陈丽娟跟朳哇土族乡的一个小伙子私奔了，那年陈丽娟读初三。为打听到确切的消息，我费了很大劲。据说陈丽娟和那个小伙子相识已经很久了，我没有发觉，因为她在学校的表现很好，没有谈恋爱的任何痕迹。陈兵更不会发觉，陈丽娟一直住在另一个院子里，他们虽然是父女，然而从来就没有亲人间的那种牵念，他们之间除了血缘和供养，似乎找不到任何关系了。

杓哇土族乡属于洮河北岸区，和康多乡紧紧相连，其管辖区内地势复杂，沟壑纵横，峡谷峻峭，草原、森林、谷地相互交织。我和陈兵到杓哇土族乡大庄的时候，日头已过晌午。大庄实际不大，庄门前便是河，屋后却是雄伟高山。河是洮河支流，山是白石山。大庄由河养育着，由山守护着，显得极为安详。大庄像个不谙世事的孩子，听水流跌宕，与蜂蝶言欢，听百鸟合唱，和雨露共眠。可我们都不是闲人，哪有赏景听音的心思。打听到那户人家后，我和陈兵小心地叩开门。屋里只有一个老太太，房舍也很陈旧。老太太给我们倒了水，不说话。问起家人，只是摇头。陈兵有点急躁，声音大了起来。我强拉他出了院门，在门口的一块大石头上坐下来。其实出发前，我已经猜到了这样的结果。陈丽娟决心跟人私奔，除了年幼无知，我想也和陈兵这么多年来的四下奔波有关。他自私而不负责任，从一个地方到另一个地方，哪里照顾过孩子？他长期以来怀疑陈丽娟不是他亲生的，孩子长那么大，他们一起的日子都能数得过来，何谈情感？事到如今，陈兵却又显得难过而颓废，然而陈丽娟心里的秘密谁能知晓。

　　不用劝说，生活中那么多不尽如人意的事情时刻发生着，怨恨只会带来更多伤感。伤感多了，日子就布满了灰暗。想当年，陈兵如果不胡作非为，他何尝不会拥有一个完美幸福的家庭呢？

　　抽完了半包烟，我们离开了大庄。山路崎岖蜿蜒，杂草丛生。走出庄门，几分钟就步入康多峡谷。峡口处的山坡上有人挖虫草，他贴地而行，在百草杂生中寻找那一根褐色的细而尖的虫草秧子。我们也歇息下来，没话找话。他有一句没一句附和着，眼睛未曾离开地皮。

　　这么多药材没人采，可惜了。陈兵突然从颓废中振作起来，指着地面上很多花草对我说。他眼里的悲伤不见了，换之而来的是难以自制的狂喜。陈兵抓起一把叶子尖而长、呈五瓣形向四周散开、仿佛鸡爪、又好似孩子小手一般的植物，喃喃自语：可以利尿清毒，也可以止血，要炮制，不可以直接入药……

陈兵的突然举动使挖虫草的那人有所惊讶，他转过头说，你们是医生？我摇了摇头。陈兵却说，是医生，但现在不是了。那人说，是医生的话请到我家走一趟，不会让你们吃亏的。陈兵苦笑了一下，说，等我医好自己，再去你家。那人动了下嘴唇，不再搭理我们。陈兵只几句话，但却触动了我的心。那些年月里，他过早耗尽了自己的精神和思想，使自己颓废，让家庭破败，而后流落他乡。有果必有因，一切都是咎由自取。但我再次想起了陈兵的坦诚。他真是十恶不赦之徒吗？我在心里寻找着可以理解他的理由。然而我想，倘若真有理由，也会在现实面前变得毫无意义。

挖虫草的那个人告诉我们，和陈丽娟相好的那个小伙子一直在兰州打工，几乎不回家，也不顾家人，坑蒙拐骗，就差杀人了，村里人都怕，都不敢招惹。陈丽娟怎么就看上他了？他和当年的陈兵有着惊人的相似，这一切难道真是对陈兵的惩罚吗？

从大庄回来，我们各安天命。于我而言，算是对家长有了一个交代。我不知道陈兵经历了怎样的痛，或是麻木之后的无所谓。冶木河并没有为此而停歇流动，时光一寸寸流逝，也不会随某个人的意愿而倒流。

农历四月，温润气息又扑面而来。可小镇子留给我的那种最初的美好已经发生了变化。小镇子不再是我的"人间四月天"。

4

我查过许多中医药剂学方面的书，却始终没有找到陈兵在康多峡口发现的那种植物。有天中午，我突然感到头晕，然后流鼻血了。小镇子上有个行医的，名气很大，他为我开了三剂中药。借此机会，我认真描述了陈兵为之感叹的那种植物。倒天药？大夫说，倒天药可以利尿清毒，也可以止血，山坡上到处都有，它开淡黄色的酷似小喇叭一样的花，成熟后会结玉米一般的果实，地方人都叫它"倒天药"。赤脚大夫看来也露底了，否则怎么会不知道它的名字？不过还好，三剂中药吃完后，头晕症再也没有犯过。

一日闲着串门，我看别人窗台上放着一盆花，还以为是啥名贵品种。朋友告诉我说，它就是随处可见的倒天药。于是，我立马去不远的树林找它。倒天药生命力很强，尽管我拔断了许多根须，但它们还是不折不挠地活了下来。我把它们放在窗台上忘了浇水，但它们依然活得旺盛而强大。它们的茎秆笔直肥壮，像大黄的茎，又仿佛莨宕的枝。有一天我突然发现它们蔫了，失去了往昔的活气，我又意外发现了玉米似的果实，它们像一个个小棒槌倒垂在蔫了的叶片周围。到时候了，短短一春，它们就完成了生命的涅槃，根本等不到金秋，它们与金秋的喧闹无缘。是呀，有些花生命期很长，可偏偏不结果；而有些花偏偏在一瞬间就走完辉煌一生，但却留下了果实，且能救人于无常。我想起了陈兵。我不止一次去找他，他都不在，那个小小院门上的锁子都生锈了。陈丽娟一直没有回来，一学期结束后，我依旧没有听到过关于她的任何消息。

没有任何防备，冬天就来了，雪也来了。雪没有任何偏私，一夜之间让小镇失去往日的傲气，显得臃肿而娇气。这个时候，我走在路上，不知不觉就会迷失方向。

窗外一棵柳树上落了一只麻雀，它纤细的爪子紧紧扣住枝条，就在我推开窗户的瞬间，它飞远了。柳条随之轻轻晃动了一下，一片雪从高处悠然自落，没有任何声响就和地面上的雪搭成一片。我痛恨自己举动如此粗暴，而惊走了一个可爱的朋友。突然之间，我感到无言的孤独和失落。突然之间，我又想起了陈兵，想起了陈丽娟。

陈丽娟走了之后，陈兵也消失了。我去陈兵后来找的女人那儿打问，女人很凶，一提陈兵和陈丽娟，就破口大骂。陈兵到底是怎样的一个人？左邻右舍或前来找他做家具的人都说他随和大气，怎么到女人这儿他的好名声就有了如此大的折扣？女人家不痛骂几句，就显得太过良善了。女人骂完之后就哭了，哭完之后便给我告状，说陈兵根本不是人，是个畜生。女人说到伤心处，牙齿咬得咯咯直响。

  从女人的话语里，我听到的陈兵和我所认识的陈兵判若两人，我无法做出判断。女人满带哀怨，流泪不止。女人恨陈兵，也恨自己的命苦。女人哽咽着，断断续续诉说。陈兵来的时候一穷二白，是她收留了他，也收留了陈丽娟。陈兵说要和她好好过日子的，他们也商议过，让两个孩子好好读书，如果真有那一天，就让两个孩子结婚，那样也算有个囫囵的家了，骨头断了，还有筋连着。可是陈兵最近几年变化很大，听别人说，他经常借买东西的机会去临洮找小姐。这样的男人能靠得住？陈丽娟不声不响就跟人走了，这根本就不是一个孩子能做出的事儿。不过有那样的父亲，孩子能好到哪儿去？陈兵骗她无所谓，孩子跟人跑了，他怎么不去找？难道不是他生的？就算不是他生的，养活了十几年，也应该和亲生的一样吧？他有本事带个小姐过来，和小姐一起过日子呀……

  女人说起来没完没了，但我想，陈兵也不至于像她说的那样。

  真有点想念陈兵了，可是他在哪儿呢？

  陈兵一直没有出现，他不接我的电话已经有大半年时间了。我期盼陈兵早点回到冶木河畔，像最初相识的时候一样，在那个小院子的土炕上，慢慢悠悠诉说彼此的过去和未来。

  寒夜悠长，雪狂飘。风经过小镇，它来告诉我一个永恒的道理，那就是人活着的艰难。活着艰难，但不能缺乏自信。我想，陈兵这么多年来东奔西走，他活着，也是有自信的。陈兵一直没有回来。

5

我已经彻底遗忘了他们。冬去春来，雨雪交换，就这样，光阴又流逝了好几年。小镇子变化很明显，许多瓦房都拆了，冶木河上也架起了宽阔的大桥，桥对面的广场也开始修建，机器的轰鸣日夜不停，小镇子在大肆开发旅游业的当下，也开始了热火朝天的建设。

没有任何防备，我突然就接到了陈兵的电话。久违了，那个迷失在光阴里的、曾出入三瓦两舍、似纨绔子弟一样的中年大哥。电话里陈兵很兴奋，说他在小镇子开了酒吧，一定让我过去。差不多有三年时间没见他，他真的由小木匠变成了大老板，甚至说话的语气都不一样了。陈兵的酒吧刚开业，人并不多，酒吧装潢得极为奢华。我有点担心，小镇子就那些人，附近村子的人不可能天天来消费。然而我的担心是多余的，不到半年时间，陈兵的酒吧几乎吞并了小镇子所有的酒吧。可惜我去得很少，我有意要和他拉开距离。

陈兵是有野心的，也是有自信的，他曾专门来找我说想开个洗脚店，想把生意做大，想真正成为小镇子上的大老板。我明白他的意思，然而生意上的事情我能知道多少？那天除了生意上的话题，我也问起了关于陈丽娟的事。陈兵突然就变得沧桑起来，他说，人一生的道路是自己选的，至于她将来的日子怎么样我不管，反正我尽心了。真的尽心了吗？碍于面子，我没有直接说他。陈兵接着又说，母亲去世了，办完后事，就去寻找她，人是找到了，可人家不认我，也是这辈子欠人家的。陈兵说到了欠，但我不知道他归还了多少。至于他在小镇子上找的那个女人，他更是闭口不提。

经过几场透雨的洗涤，喝饱了水、攒足了劲的花草树木显得格外精神。河边的柳树长出一尺多长的嫩条，它们在微风的鼓动下舞动着婀娜的身姿，尽情释放着少女般的妩媚与柔情。田野里豆子扬花，麦子灌浆，青稞泛黄，洋芋扯蔓，平日里的裸露和荒芜已经深深隐藏起来。这么好的时光里，我就要离开小镇子了。在我准备彻底在这里安放余生的时候，我的工作有了变化。陈兵为我饯行，我看得出他有点伤感，但我猜不到他伤感的原因。那天陈兵喝醉了，说了许多话，之后他就开始唱歌，唱得鬼哭狼嚎，但他依然没有提及陈丽娟，也没有提及小镇子上的那个女人，我的心里多少有点失望。

离开陈兵的酒吧已经是半夜了，那个夜晚很清静，路上没有行人，只有路灯孤零零地发出暗淡的光。若明若暗的光亮中，我彻底迷失了。小镇子的街道变得纵横交错起来，好像和我想象的那个城市交织起来。那是一个不大的城市，但它向我敞开。令人迷茫而误入歧途的想象，此刻为即将离开的我勾画出了复杂变幻的图景，这样的图景中，我怎么能保证自己不会迷失？许多诱人的、让人在光阴下不断迷失的道路，其实就是源于选择了走一条从未走过的路。微风吹拂着，天空里的月亮有点模糊，却比素日大了两三倍。

6

后来去过好多次小镇子，但我一直没有和陈兵联系过。我离开不久后，陈兵果真开了洗脚店。一边开酒吧，一边经营洗脚店，他的精力毕竟是有限的，不到一年时间，酒吧就关门了。我听到这个消息并不吃惊，生意场上起起落落不也正常吗？然而事实并不是这样，一个老同事告诉我说，陈兵并不是安分守己做生意的人，他劝我少和他交往。

酒吧关门后，陈兵的心思并没有花在经营洗脚店上。或者说，洗脚店只是一个幌子，他藏在幌子背后组织卖淫活动。洗脚店被查封了，并且罚款很重。陈兵想方设法找到我的电话，电话里他欲言又止，最终还是说了，且指名道姓说出我朋友的名字，希望能帮个忙。我骂了陈兵几句，将他的电话号码拉进了黑名单。

又一次来到小镇子，已经是我离开学校的第八个年头。小镇子已经跻身国家级风景旅游区好多年了。相比刚刚开发的时候，小镇子反而少了人气。我在广场上闲转，没有碰到一个熟人。河岸边的杨柳密密匝匝，河风依然很大。站在冶木河边，心里有点儿空，也有点虚，说不出的复杂与怀恋，大概因为那些年在这里虚度了不少光阴，也迷失过自我。带过两届学生，他们早都成家立业了。我带着愉快的心情沿洮河行走，到了洮河北岸区的商场。

走进去，商场已经不见往昔的模样。那个犄角旮旯处的理发店换了主人，新开的是一家十分土气的童装店。一个不到三十的女人坐在店门口，她神情黯然，皮肤黝黑，满脸沧桑，似乎和这个世界格格不入。但我一眼就认出了她——陈丽娟。我注视了很久，却没有勇气走过去。当然，她早就认不出我来了。

是陈丽娟没有错，从布满泥泞的商场走出来，我向旁人打听，说她就是当年陈木匠的女儿，陈木匠好多年没有露面，她一个人开个小铺子，也已经有几年时间了……

陈兵，我再次想起了他。谁不曾在光阴里迷失过？但这次我再也找不到可以理解和原谅他的理由了。我知道，陈兵最后一次找到我，在电话里说出那件事是抱了很大希望的。我不知道，在陈兵心目中，我是不是在光阴下迷失的另一个他？

谁不曾在光阴下迷失过？时隔这么多年，在冶木河畔再次见到陈丽娟，看到她那般模样，我再次给自己套上了心灵枷锁，这枷锁恐怕余生很难打开了。陈兵在哪儿呢？我们到底算不算朋友？但肯定的是，陈丽娟是他女儿，我是陈丽娟当年的班主任。似乎也只有这一点，我和陈兵才可以隐约拉上那么点关系。

很想再次去商场，去看望下陈丽娟，甚至打听下有关陈兵的消息，但我没有去。于我而言，能做的大概只有祈祷——愿他们在漫长光阴下，好好过完余生。

2019年6月写于通钦街

王小忠　藏族，甘肃甘南人，中国作家协会会员。出版有诗集《甘南草原》等两部，散文集《黄河源笔记》《浮生九记》等四部。曾获甘肃省少数民族文学奖、黄河文学奖、首届《红豆》文学奖小说奖、《莽原》年度"非虚构"文学奖等。

朋友们

◎程 远

每个人心里都有一团火，路过的人只看见烟。

——凡·高

小满子

小满子，本名顾照江。顾名思义，小满子是小名。为什么叫这个名，我问过他：是廿四节气小满那天生的么？他说不是，父母生他时已经是第四个孩子了，三男一女，父亲挺满意，想收工，就取了这个小名。

小满子命苦。镇上的人都这么说。

1964年，小满子生于一个叫作树基沟的矿山小镇，父亲是井下工人，母亲无业。那时，他家住在镇中心一带，与我二哥家是一趟房，与我同学霍绍文家紧邻。小满子高我两届，因为我们不在一个居民区，所以也不在一起玩。他的二哥和我三哥是同班同学，来过我家几次，我见过，但现在却一点印象也没有了，倒是他的姐姐我还能模糊想起：个子不高，有点胖，长得一般……但这些有什么关系呢？我要说的是，小满子家的变故几乎是一夜之间发生的——先是大哥死了，再是二哥死了，然后母亲死了，且都死因不明。有人说，小满子的母亲得了一种怪病，乳汁有毒，哥哥是吃母亲的奶死的。那为什么姐姐和他没死呢？因为姐姐是女孩，而他是老小，老天爷要他留下来给父亲送终。果然，小满子二十四岁时，一天傍晚，父亲在镇上的小酒馆门前和人聊天，聊着聊着，突发脑溢血，倒地身亡。

小满子给他的父亲送了终。

五年后，也给姐姐送了终。

后来小满子对我说，现在知道，母亲患的是乳腺癌，哥哥和姐姐的死应该与母亲无关，因为这种病并不传染。他还说，父亲生前曾请人算过一卦，说命中只有一子，两个哥哥的死，让父亲变得十分迷信。

与小满子结识、熟悉并建立友谊，是在1989年前后，那时，我已离开树基沟到一个更大的矿山参加工作，有些人五人六的意思，文章满天飞，笔墨到处留，爱书爱酒爱朋友，与矿山各界名流厮混。小满子也早已顶替父亲的班，从井下搬运工、地表司炉工、矿报通讯员，一路奋进到树基沟小学当美术教师，干起太阳底下最操心的事业。我虽然在外地上班，但每周六的晚上总要乘车回老家看望父母，星期天帮助家里做些活计，周一早上再回矿区。周日，当我把活儿做完没事的时候，就会去找霍绍文玩，日子久了，通过霍绍文也就认识了小满子，并也常去他家，看画、看书、聊天。小满子不仅喜欢绘画，还热爱文学，1982年就参加《鸭绿江》文学月刊社主办的文学创作函授学习，诗歌曾受到省作协书记刘秋群的点评，发表在《文学之友》上，这在当时已是很牛的事情，如果不是碍于他家接二连三的死亡阴影，我相信会有姑娘爱上他的。当然，这也是迟早的事。

此外，小满子还擅长下象棋，也开始学习弹吉他，曾有一段时间，小满子的吉他让霍绍文的三哥（外号三老头子，社会待业青年）借去了，迟迟未还，小满子几次开口想要又不敢，于是修书一封，托霍绍文带去。信曰：

三老叟：

　　因琴与父吵也，父怒之，子无奈耳！乞早日归还，以解父子关系断裂之危。切切。

愚弟照江 上
×年×月×日

霍绍文说：净整那些没用的！

我说：一个教美术的不会弹琴一定不是一个好语文老师！

小满子笑笑，憨憨的。

因了我在矿区工作的关系，确切地说是我与矿党委宣传部、团委和工会主事者熟悉，以及一点虚名，小满子就经常把他的诗稿、文章和美术作品拿给我看，说是请教，实则想让我推荐给上述单位，以便发表和展览。我当然也尽力而为。不仅如此，有时小满子到矿区办事，我也顺便介绍他和矿上的同好相识，如果有空，就一起吃个饭。小满子不喝酒，静静地坐在一边翻看大家送给他的书、杂志和报纸，直到饭局要散了，他才猛然想起该表示一下诚意，欢迎各位老师到树基沟去玩，他虽然不喝酒，但可以给大家抓河鱼炖土鸡云云。

大家感动。

但记忆中，这帮小子好像还未曾去树基沟麻烦过小满子。当然我除外，因为我几乎每个周末都要回老家，与霍绍文、谷守红谷守峰哥俩、小满子一起吃喝的机会总是有的，去镇上唯一的那个小饭馆，或买些熟食干脆就在小满子家造了，不论多晚，都没人管。有时，喝得兴起，也会给小满子写几幅字，挂在他家的白灰墙上。有段时间，小满子大兴土木，将自己家的院落砌了花墙，南窗放大，北窗堵死，一铺火炕刨剩半截，炕门凿成圆形月亮，用霍绍文的话说是：上小满子家如同逛公园！

小满子在月亮门上安了个布帘木盒，让我在上面题字，词儿他也想好了：

乐雅众和

之后再去小满子家，一眼就能看到那个棕色的布帘木盒，以及上面我题的那几个行书字——已被他刻成阴文并涂了绿色，真如公园里的一景了。

一九九几年吧，小满子结婚，我和宣传部的石晋忠前去参加婚礼，晋忠带了摄像机忙前忙后，给一对新人省了不少银子。我是不是给写了婚联，现在已记不清了。随着矿山的倒闭，树基沟也已由镇变村，回到它的初始状态。小满子转到乡上的中心小学继续教美术，还有了女儿，也在县城买了楼房，每天早晚通勤，乐此不疲。现在想来，我和小满子已经很久没见面了，最近的一次也该是两三年前，我与作家解良、大祝去县城参加朋友孩子的婚礼，前一天到的，晚上第一悠喝高了，就电话小满子找个烧烤小店，准备第二悠。几年不见，小满子还是一脸憨笑，热情地给我们开啤酒、上肉串。问他还写诗么？答写，且上了市报、省报，有的还获了奖。

举杯祝贺他，他说你忘啦，我是滴酒不沾的，你也少喝点吧，这几年不见你的新东西呢，净听朋友说你喝酒来着。弄得我满脸羞愧。

侯振刚

我们习惯叫侯刚，简单，省事。我父亲却喜欢叫他全名，虽然总叫错：侯金刚最近怎么不来玩了呢？

我说，我们班没有侯金刚，只有侯振刚。你总给人家改名字。

侯刚是我小学同班同学，初中也在一起待过几次。为什么是几次？因为总分班，快班慢班甲班乙班什么的，正应了那句"合久必分，分久必合"的老话。初中毕业那年，我响应学校号召，加入复读大军，侯刚则参加了矿山井下凿岩工的招工考试，被录取后，他成了一个让人羡慕的领工资的人。后来，侯刚回学校玩，对我们这些还在苦逼着的降级泡子（复读生）说：凿岩工也不是谁都能考上的，没有点真才实学也不行。

侯刚说得对。那时矿上招工，竞争激烈，井下凿岩工虽然不是什么好工种，怎奈待业青年多，有的想先上班，占个窝，回头再找关系调到井上来也不迟。侯刚是应届生，对付这种考试绰绰有余，但他的父亲不是很赞成，曾不止一次地当着我们的面对他说：你或者攻数学，或者攻语文，或者攻音乐，或者攻美术……总之你得有一样应人的本事，将来才能安身立命，不然，有你后悔的一天！侯刚不为所动。他认为复读的结果也是考个技校上个班，殊途同归，不如早挣几年钱，至于什么音乐美术，那是天才考虑的事，与己无关。现在看来，侯刚比我们有先见之明，或说成熟。

上小学时，侯刚并不十分调皮，顶多算个蔫吧淘。在我们要好的八个同学中，他的地位甚至不如我。那时刚打倒"四人帮"，班主任灵光一闪，顺势给我们这个团队也起了个名字：八人帮。

班主任把我们叫到教室前面，按大小个排好，然后指着我的鼻子说：你就是八人帮的头儿！站在末尾的侯刚忍不住笑。

班主任的手指又转向侯刚的鼻子：笑什么？看你那猴精八怪的样，你就是军师！

军师和头儿自然是穿一条裤子且沆瀣一气。不过这种关系也没有持续多久，小学一毕业，就时聚时散了，但因为曾经的关系，每每相见还是甚欢。那时，我经常去上片的百间房（居民区）找谷守红、霍绍文玩，后者与侯刚家住一趟房，且门挨门，如果霍绍文不在家，就一定在侯刚家，如果不在侯刚家，他俩就一定在隔壁的王国凡家。王是鳏夫，跛脚，喜欢看闲书和下象棋，所以他家很招人，尤其是半大孩子。大家不仅可以在他家玩到很晚，有时睡下就不走了。

那时，我正在练习画画，书包里装有速写本。一天放学，侯刚对我说：学美术得画裸体呀！你没画过吧？我说没。侯刚说，晚上来王国凡家吧，我给你当模特。我说，那现在就去吧。

于是，侯刚把王国凡攥走，说我们借你家用一下。

于是，一个并不健壮的身体在我眼前出现，且做出一手搭肩一手下垂的大卫状。

现在，我已经记不清我画了几张，画得像还是不像？只记得侯刚说，以后想画人体就找他，不过女人体他管不了，女人体得自己有对象了才能画。

……

正如侯刚所说，我们这届除了两名同学考上县重点高中外，大部分人上了技校，毕业后到矿上工作，而我恰好被分配到侯刚的单位——红坑口提升区。这时，侯刚在坑口虽说不上呼风唤雨，但也的确交了不少朋友，进一步证明着他的为人与处世能力，让我们这些后来者很是佩服。

1988年春天，我从坑口调到学校当老师，之后又调到矿工会、矿劳服公司，侯刚仍然在坑口井下上班，不过他从上面的职工宿舍搬到下面的灯光球场宿舍，与我住对面楼，我们的往来又开始频繁起来。有时，侯刚下班会径直来到我这里，手中拿着两个饭盒，笑着说：今天保健（坑口工作餐）发拼盘了！咱改善一下。随后，又像变戏法一般从兜里掏出一瓶白酒。不仅这样，逢周末，我们都不回老家的话，侯刚就会买一些鱼肉、蔬菜，仍然拎到我的宿舍，我们一起做着吃，有时还会叫上其他老乡，大家吃饱喝足，就开始玩扑克，弹吉他，下围棋象棋，有时也看书。对！文学书。

那时，我和侯刚都在尝试写作。那是20世纪80年代末，文学余热尚存，人们对所谓的文学青年还怀有敬意，乃至成为恋爱的一个有利条件，即使相貌一般、身材矮小如侯刚、我等，也不一定找不到理想的对象，何况我们品行端正、为人友善。在此基础上，侯刚更是比常人多一份韧劲，所以当他在追求一个漂亮的女孩时，有人觉得希望不大，我却坚信一定成功。

天遂人愿，侯刚娶到他钟情的女子。为此，朋友们都替他高兴。

1992年春天，作为一个不成器的文学青年，我也终于步侯刚后尘，步入婚姻殿堂。在即将举办婚礼的前一天晚上，我的外地同学和朋友已来到矿上，我委托霍绍文帮我接待。事后，霍绍文说，当时他和从抚顺赶来的郭红正站在我家附近的一个小饭馆门前，看到侯刚满脸酒气地从矿医院骑着摩托车来，霍绍文招呼他停下，说：正想找你陪郭红喝酒呢！看样子你已经喝过了。侯刚说：没事儿，等我骑摩托车兜一圈回来，就和你们喝。你俩先整！说完，一踩油门，绝尘而去——结果如你所知，未出矿区，侯刚就一头栽在了公路上。

侯刚有一篇尚未完成的小说，至今仍放在我的抽屉里，想来应该是当初彼此交流的作品——放心吧，侯刚，我会永远替你保存。

邵守红

在树基沟学校，三哥有两个密友，一个是邵守红，一个是付希全。他们也是我的朋友。

先说邵守红。

三哥管邵守红叫小红，我大多数时候也跟着这样叫，很少叫邵哥。之所以这样，是因为我们在一起厮磨久了就有些平起平坐的意思，虽不敬，但小红哥从未怪罪过。其实，他也很少称呼我的名字，而是和三哥一样叫我四子。

四子，你三哥在家没？

四子，走啊！带你去河套抓鱼。

小红总是这样说。

如你所知，小红和我家都住在一个居民区，也就是人们俗称的粮站下片。我家在铁道边，他家在大道旁，面对中学、井沿和商店（小王家的小卖店），中间只隔了四栋房和一条巷子，如此近的距离，自然增加了我们的密切往来。比如我去井沿挑水，或是去小王家的小卖店买东西，时间不急，我可能就会拐进小红家玩会儿。小红若是上铁道南面的前山打柴、捡蘑菇或者采野菜，也往往会喊我们一嗓子。当然，这要在周三或周六的下午（只上半天课）。周日我们一般不去前山，而是沿着铁道一直往下走，直到土窝棚村站点，右转，爬上西山。

土窝棚西山是远近闻名的盛产山野菜、野蘑菇、野果、木耳的地方，自然也是野兽出没、有着奇花异草的妖娆之所，囫囵囵的一面大山，隐蔽着取之不尽用之不竭的宝藏。但这里，通常不是一个人敢去的，往往要三五成群结伴而行。记忆中，小红和三哥是打过毒蛇的，也捉过刺猬，我则唯恐避之不及。当然，更多的时候是他俩手拿木棍，将蛇挑起，甩向密林深处。小红是跑山的一把好手，他总能在我和三哥不经意间发现成片的野菜或野蘑菇，但他从不吃独食，而是招呼我们过去和他一起采摘，不像有些人逮到大份儿闷不作声，生怕别人抢先。有时我们碍于面子，不好意思分享小红的成果，暗下决心要获得更大的收获，但常常事与愿违。

最终，小红还是分给了我们一些，让我们的筐同他的筐一样充实。

小红也会告诉我们，什么样的地方容易长蘑菇，什么样的地方山野菜茁壮，可惜我和三哥不谙此道，终达不到理想的效果。当然这并不重要。与其说我和三哥、小红愿意一起搭伴上山摘果采菜，不如说是他俩又多了一次在一起交流的机会，那时，小红和三哥都喜欢文学，用现在的话说是他们有共同语言。我则练习绘画，即使爬山越岭这些费力气的活计，我也要在兜里揣个速写本，装模作样地画山画水。要知道，这是20世纪80年代，人们还沉浸在文艺复兴的热潮中，一切美好的事情仿佛刚刚开始。

小红的歌儿也唱得好，野山幽林自然成了他的欢场，什么朱逢博郁钧剑郭颂王洁实谢莉斯以及侯德健，他都能模仿得惟妙惟肖：

采蘑菇的小姑娘
背着一个大竹筐
清晨光着小脚丫
走遍森林和山冈
她采的蘑菇最多
多得像那星星数不清
她采的蘑菇最大
大得像那小伞装满筐
嗞啰啰啰啰嗞啰啰哩嗞
……

小红不仅上山时唱，有时下河、放学或是傍晚来到铁道上玩时也唱，惹得附近的居民都愿意听他唱歌，包括我爸我妈。小红经常来我家玩，有时赶上吃饭也一起吃，赶上过节包饺子，他也是一边帮着忙活一边唱歌，什么《送货郎》《乡间小路》《冬季到台北来看雨》都是我们喜欢听的。我的发小加邻居加同学刘波，也愿意唱歌，小红他俩就此起彼伏地对起歌来，要多好听有多好听。

小红的爸爸过世早，我一点印象也没有。但小红的妈妈我却记忆深刻，我叫邵姨。小红有两个哥哥、一个姐姐、一个弟弟，邵姨把他们一一拉扯成人，一定也是付出不少的心血，但每次我和三哥去他们家玩，邵姨的脸上总是洋溢着微笑。那时，小红家住套间，我一定也是借过宿的，并曾借过小红二哥的一顶白色硬塑料帽子，戴着和刘波在铁道南的一棵梨树下合了个影。

小红也经常在我家留宿。我家虽然是一间房，但爸爸在矿上打更，妈妈有时带着弟弟去县城的二姐家，小红就几乎长在了我家，和三哥一起上学放学——如前所述，他们又多了文学交流的机会，甚至我也参与其中。比如我们每人都有一个自制的笔记本，用来抄写名言警句（我还有两个剪报本，一个用来粘贴书法、篆刻，一个用来粘贴图画），钢笔水除了普通的蓝色外，还有少见的黑色和绿色，字体也以仿宋为能，而不是大家一窝蜂地庞中华——我们似乎看不上后者的软弱无力，起码也得王正良任平呀！

记得当时盛传散文作家李玲修的《啊，友情》，让我们惊叹不已，甚至全文都能背诵下来：

你是严冬里的炭火，你是酷暑里的浓荫，你是湍流中的踏脚石，你是雾海中的航标灯，你是看不见的空气，你是听不到的声音……啊，友情！你在哪里？……

现在想来，这也许是每个文学爱好者的共同经历。

但那一晚，我却发现了三哥的一个秘密。半夜里，当我被尿憋醒时，听到他和小红还在唠嗑：

你和雅丽到底怎么回事啊？同学们都在背后议论呢。

其实也没啥。不就是借给她一本书么。

那书里的信呢？据说还附了一首诗……

"四子！四子！"三哥突然叫我。小红问叫他干吗。三哥说看他睡没，别让这小子知道我的事，告诉我爸。

我翻了个身，吧嗒吧嗒嘴，发出沉睡的鼾声。

大约1978年吧，三哥毕业，接爸爸的班上矿参加工作。小红则参加招工考试，成为一名矿山井下工人。五年后，我考上技校，和三哥住在灯光球场同一个宿舍，小红住在坑口宿舍，彼此往来自是频繁。

但那时，三哥和小红都已渐渐地远离了文学。后来，三哥上的电大也不是中文班而是企管班，小红也已在工区当了班长。小红和三哥一样都不大喝酒，但歌儿依然唱着，又弹起了吉他，经常参加矿山文艺演出。印象中，小红还送过我一把吉他，可我只会一首"三月里的小雨哗啦哗啦啦啦"，颤音永远拨弄不准。后来我技校毕业，正好分配在小红所在的工区，成为一名令人羡慕的地表卷扬工，但这个工种责任重大，且一干就是十几二十年，甚至一辈子。于是我自愿申请到千米井下的小红班组，做对铃工，三班倒，但我却很少上夜班，即使白班，也是经常跟着小红屁颠屁颠地四处溜达，美其名曰检查工作。小红让我省下更多的时间看书和学习，后来，又推荐我到工区当工代员，直到1988年我调离那里。现在想来，那两年该是我和小红关系最为密切的时光，也是最为难忘的时光。

1998年，我离开老家到外地谋生，就很少和小红联系了。最近一次见面，也是在三年前，我陪北京的几位作家朋友回老家玩，这时小红已经是工区长了，他给我们每人发了一顶安全帽，带我们参观了我曾工作过的地方，并详细地讲解了矿山技术改造工程及发展前景，也给我的朋友们捡了几块矿石，作为纪念。

小红说，四子是我四十年的兄弟了，亲哥们儿一样。

的确如此。那晚小红留我们吃饭，因为我们还要赶往下一个地点，未遂。后来，我听说他又调到矿里某个部门工作了，不久又停薪留职，远赴大兴安岭和朋友们开拓另一个矿山。2020年除夕夜，我在喝多了酒的时候，给他电话拜年：

邵哥，你再给我唱首歌吧——《童年》！

付希全

记不清是哪一年了，付希全从岫岩来到树基沟上学，作为插班生，分到三哥那个班。三哥、邵守红、付希全，随之成为最要好的同学，说是铁三角也不为过。

时间久了，三哥和邵守红就管付希全叫全子。

那时他们上九年级吧？

起先，我和全子（我也这么叫了？）并不是太熟悉，尽管他也常来我家玩，也在我家吃过饭，但一定没有邵守红那样让我感到无比亲近。我只知道，他的一个远房姐姐在我们学校当老师，他是奔姐姐来的。他操着一口辽南口音，每句话的尾声都往上翘，可以的事情也不说"行"，而是"嗯哪"。有点侉。但付希全长得却是一表人才，浓眉大眼，憨厚朴实，我爸我妈很喜欢他。

我说过，我在初中时喜欢书画和文学，是受三哥的影响，也包括他的朋友比如邵守红。那是个讲究志趣相投的年代，道不同不相为谋。我家的相册中，至今还贴着一张三哥和邵守红、付希全的合影照片，他们每个人的左上衣兜里都别着一支钢笔，头发浓密，照片上的留白处斜着写了四个字：风华正茂！三哥说，全子也喜欢文学和书法呢，他的颜真卿《多宝塔碑》比我写得好多了。这，我相信。

但命运总是不公。九年毕业，三哥、邵守红先后上矿参加工作，付希全因为是农村户口，似乎只有回乡务农一条路。心有不甘，他去当了兵。

当我决意写这篇文章的时候，我翻出手头保存的四封来自付希全的信，两封是写给三哥的，两封是写给我的，分别写于1984年3月5日、1984年4月1日、1985年2月8日、1990年12月8日。写给三哥的两封信之所以在我这儿，估计是因为我曾经和三哥住一个宿舍，就随手留了下来。

付希全在3月5日的信中写道：

> 坐在南去的列车上，我拆开了你的信，句句贴心的话语真的把我带到了你的身边，句句衷心的祝福真使我不胜感激，我仿佛看到了你炽热的心。是的，海内存知己，天涯若比邻！
>
> 你说"面庞的消瘦，衣着的单薄，怎能将自己的微笑遮住。因为啊——生活不只是享受！"是啊，生活来源于奋斗，真正的生活，在于劳动者的耕耘，真正的幸福在于攀登者的努力，无限风光在险峰。而我呢？却只能望其兴叹了。你现在正在实现着自己的诺言，你在走一条荆棘的路，虽然说艰难，但你的信心是十足的，你一定会做出成绩的，因为希望总是属于那些不畏劳苦、勇于探索的人。

显然，这是全子在收到三哥的信后的回复。那时三哥对工作好像不大满意，正在复习，准备考电大。4月1日的信，还有这样的段落：

> 你来信中说，让我给你的小说提意见，请原谅，实在是无可挑剔。因为你现在已真正了解了生活。所以，在此方面你是颇有功夫的。特别是你的观察能力和敏感力很强，俗话说："识时务者为俊

杰"。特别是在文明礼貌月中发表这样的小说,真是难能可贵的好教材。

寄信地址是吉林省长春市,彼时全子正在81025部队73分队服役。信中说,他又回到连队干老本行了,虽然没有什么造诣,但在他人眼里还是"略高一筹",自己心里也满足了。那时,他在连队任宣传干事,可以说他和三哥都是在用自己的努力,或者说是对文学对写作的热爱,试图和正在改变着自己的前途。

我忽然想起一件事,1982年暑假,我到鞍山市群众艺术馆学画,住在铁西区的姑姑家。一次我去铁西百货大楼文具柜台买画材,见一身着军装的士兵正在挑选钢笔——怎么这么面熟!这不是全子吗?!几乎同时,全子也认出了我。现在,我已记不清当时的具体情景了,彼此是否握手抱拳击胸拍背进而留下地址电话……对了,那时也没有个人电话,但肯定也没立马下楼在街边找个小饭馆吃喝一顿。只记得全子说他们正在附近修路(工程兵?),休息时间就跑来看看钢笔什么的,我自然也是介绍了自己的情况,然后分手。

1983年,我离开树基沟小镇到一个更大的矿山念技校,1985年2月8日收到全子给我写的第一封信,两页白纸上竟然都是先用红笔画了横格,比通常的笔记本自带的格子略宽,类似于宣纸的八行笺,字体也是刚柔相济的行书——这哪里是写信,分明是在创作一幅书法作品呀!两封信除了第一封有两字涂抹外,其他尽皆干净整洁,想来全子在写这两封信时,一定也是不止书写了一次甚至打了草稿的吧!如此用心,让我感动。

这时全子已经复员转业,但仍然没有分配工作,几经周折,终于在北三家乡下寨子村小学当代课教师。我们虽然不是经常见面,但彼此已经很熟悉了,用他的话说是"真正相识":

虽然我们真正相识确实晚了些，但我还是满足的，因为我们有共同的爱好——文学和书法，此乃天赐良缘。我没有更高的奢望，只要我们在共同的爱好上一起切磋，一起进步，当哥哥的我就心满意足了。同时，也希望你在今后能多提供一些让我练笔的机会，使自己能有所进步。

全子说的机会，是指他几次到矿上来办事，顺便会会我三哥、邵守红等同学，晚上，我就请他住在我的单身宿舍。我向他介绍了矿上喜欢文学和书画的朋友，推荐他的文学作品在《矿报》发表，书法作品在工会画廊展览，全子还给自己起了个笔名：溪泉。我们还试图找关系，帮助全子转为民办教师，但终因种种困难而未成。上述给我的两封信中，全子似也表露出些许无奈：生命对于我们来说，只是短短的几十年，特别是正值青春韶华，无疑是可贵的，但命运的安排只能使自己做八亿农民中的一员了。诸般皆是天造就，世上有谁能强求？更何况我这个心比天高的空想家了。

不久全子结婚了，新娘是一个十分漂亮的姑娘。我们逗他：一定是你们的村花吧！

全子憨厚地笑笑，用辽南口音回答着什么。

全子的婚礼是在树基沟办的，那时，全子的父母也早已搬到这里来生活了，他们家开了一间豆腐坊。全子嘱我写婚联，权当贺礼。词儿他也拟好了，用现在的话说充满速度与激情：

不愿做鸳鸯，卿卿我我嬉游浅水
有心学海燕，风风雨雨比翼蓝天

婚后，全子在下寨子村盖了新房，把家就安在了那里。2003年，我和朋友骑自行车从沈阳到清原浑河源头，途经该村时我提议去看看全子。村人将我们引入一家院落，透过窗子，我看见全子媳妇——我应该叫嫂子，正和人聚精会神地打着麻将，就没进屋打扰。

村人说，付老师早就不在学校教书了，此时该在斗虎屯石灰厂装石灰吧。

程　远　1966年生于辽宁清原，祖籍河南伊川。曾做过报刊编辑，现为自由写作者。文字作品散见于《山西文学》《福建文学》《北方文学》等数十种报刊，部分作品在报纸连载、收入年选或获奖。著有非虚构文本《底层的珍珠》。执编的散文随笔集《活着，走着想着》获2016年辽宁省首届最美图书奖。

翻译

［英］多丽丝·莱辛 ◎杨振同 译 \
两个陶匠

两个陶匠

［英］多丽丝·莱辛

◎杨振同 译

我在这个国家只认识一个陶匠，玛丽·托尼什，她住在伦敦城外一个村子里，丈夫是一个小学教师。她很少到城里来，而我呢，很少出城，我们就写信。

做陶器可不是我经常能想到的事儿，所以，当我梦见那个老陶匠的时候，自然而然就想到了玛丽。但要给她讲这个梦确实不容易；有两种人：做梦的和不做梦的，这两类人往往是你瞧不起我、我瞧不起你；要么就是你宽容我，我也抬举你。别人讲他们的梦的时候，玛丽·托尼什就说："我这辈子可是从来都不做梦。"并且说——是为了缓和或者是为了抚慰对方吧："至少我是不记得的。他们说，这是个记住记不住的问题。"

我倒是愿意以为她是一个很爱做梦的人，我说不上来为什么。

她是一个高个子女人，块头儿挺大，棕色的头发一簇一簇的，亮光闪闪；一双棕色的眼睛总是给人以光亮的印象，尽管从外表看不出来：那不是"明亮的"或者是"辉煌的"一瞥。她看着你，笑或者不笑，但都是那么沉静，有一种光亮的印象，这种印象似乎是由虹膜颜色的结构而得来，所以，她的眼睛有时候看上去是黄色的，被那滑溜溜的棕色眉毛分开了。

她是一个块头很大、行动迟缓的女人，长着一双慢腾腾的大白手。一个沉默寡言的女人——她总是听别人说话。

她的一生是一个系列剧：童年时代随着性情古怪的父母四处漂泊，头一次婚姻很糟糕，有一个孩子还死了，之后有过许多情人，但哪一个都没有长久；然后是第二次婚姻，嫁给了教物理和生物的威廉·托尼什。他是个动作麻利、说话尖刻、言辞激烈的小个子男人，她跟他生了三个孩子，都长成半拉大人了。

我不止一次讲过她的故事，不带评论，就是要看看那沉默的判断：又是一个不适合环境的人，又是一个不快乐的人儿，可是最后只是看到这位识人断事之辈却是一脸的惶惑，因为从来没有一个女人生性更不适合不和谐或者是痛苦。或者好像是这么回事。她好像感觉自己是这个样子，就好像她自己的生活和她毫无关系似的。

关于那陶匠的第一个梦很简单，很短。很久很久以前……有一个村子，或者是一个定居点，不是在英国，这是肯定无疑的，因为那景色是赤裸裸的烘烤过的土红色。那烘烤过的土地上四平八稳地建着一座座低矮的四方形屋子，都是用简单的烘烤过的泥土建成，也都是略带红头儿的棕色；然而，由于有的屋子没有屋顶，有的已经是摇摇欲坠，有的是只盖了一半儿，周遭没有一座房子是盖好的、成型的。极目四望，四面八方，苍茫荒原，皆为红土，平原的中间地带是一片定居点，乍一看去，这定居点仿佛是一只巨手用湿泥草草地捏制成型，放在那里晾干，然后丢在了那里。好像是没有人居住，然而，就在一座座小泥屋之间的一片空地上就有一个老人，独自一个人，在一架原始的用脚转动的制陶轮子上劳作。他那略带黄色、满是尘土的身上穿着一件粗糙的麻袋似的衣服。一只光脚戳在我旁边的泥土里，有裂缝的脚趾四散开来，蜷曲着。几近灰白的头发上沾着一星半点的黄草。

我从这个梦中醒来，感觉神清气爽，兴奋异常，虽然说那片大平原干旱无比，那定居点空荡荡的，尘土飞扬，是个危险的舞台。我最后坐下来给玛丽·托尼什写信，尽管我似乎能清清楚楚地听到她那平淡的评语：啊，这倒是很有意思。我们之间通常是那种叫作"保持联系"式的通信。我先是询问孩子们的情况，然后是问威廉的情况，然后我讲了那个梦："不知怎么的，我想到了你。我倒是真的认识一个人，他在非洲做陶器。他打工的那个农场主发现他有烧制陶器的天赋（好像他的部落传统上都是陶匠），因为他们给农场烧砖的时候，这个名字叫伊莱贾的汉子就把一些小碟子小碗儿塞进窑里去，跟砖一起烧。农场主那时候常常会每个礼拜多给他几个先令的工钱，把那些碟呀碗呀卖给城里的一个商贩。他做的都是很简单的东西，不像你做的。当然了，他没有轮子。他也不用颜色。因为那个农场是那种土壤，所以他的东西是一种略黑一些的黄颜色。总是有一点点单调乏味。而且很容易打碎。你要是到伦敦来，给我打个电话……"

她没有来，但不久我收到她一封信，附言写道："多么有意思的梦呀。谢谢你告诉我。"

我又梦到了那个老陶匠。那里还是平坦如垠、泥土摔打过的红红的大平原，四周是非常遥远的云雾缭绕的青山，遥远得就像是海市蜃楼，或者是朵朵白云，或者像是在低处盘旋的烟雾。定居点还在那里。在那儿，老陶匠依旧坐在他自己的一个倒扣过来的罐子上，一只脚坚定地戳在泥土中，另一只脚转动着轮子，一只手掌捏着泥土，另一只手掌洒着水，水在洒到湿泥上的过程中，在移动的光线里一闪一闪发出低低的、阴郁的亮光。他老极了，老眼昏花，和那远山一样都是不真实的蓝色。在他四周，在一排排铺得薄薄的黄色稻草上晾晒的，是大小不一的陶罐。它们都是圆的。小屋子都是方的，陶罐是圆的。我看着这些泥土表现出的两种不同形态，由形状分开，然后透过小屋之间的空隙朝平原望去，看不到一个人。似乎那里没有一个人住。然而那里坐着这位老人，周围是成百个陶罐和碟子一排排在稻草上晾晒，老人的手蘸进那个硕大的水罐，把一滴滴的水洒过去，水滴洒到泥土上，砸下一个个小坑，水滴闻起来都是甜甜的。

我又想到了玛丽。可是，他们两个毫无共同之处，那个贫穷的老陶匠没有一个人买他的陶器，而玛丽呢，把她那颜色古怪的碗和坛子都卖给了伦敦的那个大商店。我不知道老陶匠会如何看玛丽的陶器——尤其是他会如何看我从她那儿买的一个四方形平底盘子，颜色是有点绿的黄色。那四方形好像是经过敲打滑溜出来的，表面粗糙，上面明显留下了手指印。我在上面放奶酪。老人家的缸是用来盛谷子，或者是用来盛酸奶的。这一点我是知道的。

我写信给玛丽讲了第二个梦，心想：哎呀，这个梦要是使她感到乏味了，或者使她生气了，那就太糟糕了。这一次呢，她给我打了个电话。她想让我到其中一家商店去，因为这个商店迟迟没有下新的订单。难道是她的东西卖得不好吗？她想弄明白。她还加了一句，对那个老陶匠，她感同身受；从他那堆积如山的存货看，他也是没有任何主顾。可是，最后证明是，那家商店把玛丽所有的东西都卖掉了，只是忘了追加订单了。

我等着，很有耐心，怀着激动的心情，等着那个梦后事如何，或者是下一节如何展开。

定居点现在有人了，实际上是一派欣欣向荣的景象，而且也大多了。低矮的泥土平房蔓延开去，有好几英里。平房和平房之间此时不再是孤零零的，而是连成片了。我从这种房子的体系中穿行而过。房子大小大致相同，但相互之间却以各种角度盖着，这样，站在一个房子里，它就有一扇、两扇、三扇门，通向相应的好几个泥棚房。我在低矮、阴暗的房子里穿行了约莫半英里的样子，一次也没有穿过一个没有顶棚的房间，我出来走到太阳底下，就遇到了那位陶匠，他身后是一个集市，但却是一个冷冷清清的集市。离他的那些大缸不远,女人们穿着跟他一样略带黄色的麻袋布一样的衣服,在向满面尘土、个头矮小、无精打采的人们兜售粮食和牛奶。陶匠在火辣辣的太阳底下继续干活,他那一排又一排泥做的器皿在闪着黄色光芒的稻草上晾晒着。一个很小的小男孩儿蹲在他身边,观察着他做的每一个动作。我看见水滴从他那双年老的手指上淋到旋转着的泥罐上,接着飞过泥罐,溅到那张神情专注、窄小穷命的脸上,一双眯缝起来的眼睛专注地看着。不过,水溅到脸上就溅到脸上了,他一副无所畏惧的样子,可能根本就没有注意到。

定居点以外,是绵延不断的大平原。大平原以外,就是那薄薄的、虚无缥缈的峰峦叠嶂。那坦荡无垠的红色大平原的上空飘浮着一个个小小的暗影:它们是一只只巨鸟,时而盘旋,时而斜行,时而转弯,投下暗影。

我给玛丽写信,她回信说,她很高兴,老人家终于有一些顾客了,她一直很替他担心来着。至于她呢,她觉得他应该用一些颜色了,都是一律的红色,太压抑了。她说,她看得出来,定居点缺水,因为我没有提到过一口水井,更不要说一条河流了,只有陶匠那满满当当的一大罐水映照出蓝色的天空、太阳和巨鸟。光吃牛奶和小米是不是对人不好呀?她写到这儿岔开说,她想,所有这一切我都无能为力,这是我的本性,"顺便一说啊,你那贫穷的小村子是不是起码该有一个讲故事的人了?这可怜的情形是多么乏味呀!"

我回信说,定居点这个样子我是没有办法的,但要是照我的想法,这故事的背景就会设在一丛丛的果树林里,周围是玉米地,一条河里到处都是在玩水的黑不溜秋的孩子们。但我无能为力呀,这地方不管它在哪儿,情况就是这样子。

一天在一家商店里,我看见一架子玛丽的作品,并且注意到,这当中的一些陶器是那种光滑的、闪着单调光泽的深红色,仿佛是擦亮了的皮肤——坛坛罐罐，和平底圆盘子。我们那位乡村陶匠本来是懂得这些的，这里的什么东西都不会使他感到意外。然而，玛丽的器皿那种简单是有意为之，老陶匠的简朴是浑然天成，两者之间还是有区别的。我看看那些陶器，心想：唉哟，我的天哪，这样子路子是走不远的……可是我原本就该发现，我很难确切地表达出我的意思，实际上，我买了一个盘子、一个陶罐，想到这些陶器里面有玛丽，也有老陶匠，他们通过我的手关联起来，这些陶器就给我带来极大的乐趣。

很长时间过去了。我又做梦的时候，整个大平原都有了人。峰峦叠嶂来得更近了，高高的，蓝蓝的，高耸入云，把整个大平原围了起来。定居点也多了，从高高的山顶看去，这些定居点就像是大平原上一片一片略微鼓起来的表面。我懂得它们的本质：零零散散略微鼓起来的土堆，就像是雨点打在干燥的尘土上，砸出一个个小坑坑，然后太阳出来，很快就把尘土晒干，这样子留下来的不结实的形状。这种干土留下来的又干又脆的硬皮形状——我尽量靠近了看，给我以从高山上看下来，定居点给我的那种感觉。不同之处就在于那突起的硬土皮形状是四方形的。整个大平原上我都能看到这种小小的四方形状。我让自己从山上下来，穿过那些盘旋、飘荡的巨鸟，下山来到我所熟悉的定居点。那里坐着那个陶匠，他往泥土上洒水，泥土在他左手的下边弯曲下来。一切都像往常那样进行着——他还在那里，做着他的陶器，我感到心安了。虽然过去了这么多时间，但是并没有什么变化。那低矮、单调的小平房还是那样，尽管自从我上次来这里以后，有些小平房塌了，成了一堆泥土，而就在原地，小平房拔地而起，已经有一百次了。还是没有绿色，没有河流。一条小溪里面满是浮渣，溪边有山羊在吃草。谷子地是这一片、那一片的，散乱地生长。由于干旱，谷子给弄平了，一片枯黄。集市上有粉红色的水果，一堆一堆放在柔软的谷堆旁，堆放在草垫上。我不认识这种水果：小小的，有李子大小，皮儿光光的，我觉得它有一种辛辣的果肉的味道。红黄色的果皮在地上扔得到处都是。一个男人从我身旁经过，悄悄地扭动着屁股，他那麻袋似的衣服夹在他身体一侧，压在一个胳膊肘下，两眼盯着前方，尖利的黄牙咬着那粉红色的水果。

我写信告诉玛丽，大平原上住的人更多了，然而情况并没有多大改变，只是有了那种水果。可是那东西就像是止血药，我自己都不会喜欢它的。

她回信说她很高兴她能睡得呼天抢地的，要不她就会发现这样的梦会使人感到压抑。

我说这个梦一点都不令人感到压抑。我很高兴进入梦乡，就像是聆听一个讲故事的人说：很久很久以前……

然而下一段梦就很令人沮丧。我醒来感到闷闷不乐。在集市上，我站在老陶匠身边，这一次他两只手没有忙碌，轮子在闲着。他的目光跟着做买卖的人们来回动，嘴里是苦涩的。他身旁，他做的器皿摆成一排又一排，放在那温暖的闪着光芒的稻草上。偶尔会有一个女人走过来，沿着一排排的陶器择路而行，弯下腰，眯缝起眼睛看着那些坛坛罐罐。然后她挑上一个，往陶匠的手里丢下一个硬币，扛到肩膀上就走了。

我就像是钻进了陶匠的心里，知道他在想什么。他说："就一回啊，上帝，就一回呀！"他把手放下来，放进轮子下面的一小片炽热的阴凉处，巴掌上放一只小泥兔，举起来，放到地上。他坐着一动不动，抬头看看天空，然后低头看看兔子，祈祷着："求求您了，上帝，就这一回啊。"然而，什么事情都没有发生。

我给玛丽写信，说老人家一生这么短，一辈子都在做陶器，做厌倦了：到现在，定居点下面的碎罐子堆积起来，高度都升了二十英尺了，而每一个罐子都是从他的轮子上做好，再卸下来的。他想让上帝对他的泥兔子吹一口仙气，让它活了。他原希望看见它支起它那红红的、血管分明的长耳朵,在他手掌上感受到它那毛茸茸的兔脚,看着它跳下来就跑开了,钻进巨大的陶罐之间,冲它们吸吸鼻子,颤动着耳朵——在形状不一的泥制物件中的一个活物。

玛丽说,这老头子在奢望他得不到的东西。她进一步说:"干吗是一只兔子呢?我干脆就见不到一只兔子。一只兔子有什么用处呢?你难道没有意识到,除了山羊(你说山羊有奶)和头顶上飞的那些个秃鹫,他们根本就没有动物吗?一头母牛会不会比一只兔子好一些呢?"

我写道:"我是在做梦,对那个地方我什么都做不到,可是我现在是醒着的,干吗不呢?就在这时,兔子从老人的手上跳下来,跳到地上。它蹲着,翕动鼻子,全身抖动起来,就像真兔子一样。接着,它缓缓地一纵身子,开始吃起稻草来,老人家喜欢得哭了起来。现在,你有什么话说?如果我说有一只兔子,一只兔子就在那儿了。再说了,经过了这么久,老人家也应该有一只。上帝本来是能够做这么多的,做这件事花费不了他任何东西。"

那封信没有回复,我也不再做那个定居点的梦。我知道,这是因为我厚颜无耻地弄出了那只兔子,还把我自己插进故事中来了。好吧,那么……我给玛丽写信:"我一直在想:假定是你梦见了那个陶匠——好了,好了,只是假定啊。现在。第二天早上,你们坐在早餐桌旁边,你的威廉坐在一端,孩子们坐在你们之间,在吃脆玉米片,喝牛奶。你呢,相当地沉默(当然了,你通常都是沉默的)。你看看丈夫,心想:我要是对他讲我准备干什么,他究竟会说什么呢?你什么话都没说,只是在餐桌上伺候着;饭后你打发孩子们去上学,送丈夫去上课。然后就剩下你一个人了,你洗完盘子,把它们放好,你就悄无声息地走进你那间铺着石头地板的房间,你的轮子和窑都在那里。你拿了一块泥,捏了一只小兔子,把它放在一个高高的架子上,架子上摆放着几只已经做好了的花瓶,在那儿晾晒,你就把兔子放在那几只花瓶后面。你不想让任何人看见那只兔子。一个礼拜以后，兔子干了，有一天，你等全家人都出去了，然后你就把你的兔子放到手掌上，朝一片田地里走去，你跪下来，把兔子朝野草里放了进去，你等待着。你并没有祈祷，因为你不信上帝，然而，如果那只兔子的鼻子开始翕动，它那长长的、软软的耳朵竖了起来，你是一点都不会感到意外的……"

玛丽写道："再也没有什么兔子了，你把多发黏液瘤病忘了吗？实际上，我最近确实是做了几只小兔子，给孩子们做的，涂上了蓝色和绿色的釉色，因为我突然想到，两个小孩子还没有从图画书上看到过一只兔子呢。不过我听说，在有些地方还是有一些兔子回来了。农民们会生气的。"

我写道："是的，我是忘了。可是……有时候到了傍晚，你走进田野，心里想：要是能看到一只兔子抬起爪子，看着我们，那该有多好啊。你记得几年前那几只正在腐烂掉的小兔子的死尸吧。你想：我要再试试。同时呢，一想到威廉会说什么，你心里就不踏实，他可是个理性十足的人啊。呃，当然了，我们都很理性，但他连玩儿一下都不玩儿。我也许说得不对，不过我觉得你是害怕威廉把你给揭穿了，所以你就小心翼翼的，不被他逮住。一个阳光明媚的上午，你把它拿出来，拿到那片田地里……好了，好了，这就好了，可是它并没有一蹦一跳地走开。是把你的泥兔子放在温暖的草丛中（那是一个艳阳高照的日子），让它碎裂成泥呢，还是要在你的窑里烧制出来，你拿不定主意了。你还没有烧制呢，它甚至还是湿漉漉的：老陶匠的那只兔子是湿的，他在把兔子拿出去，到太阳底下晾晒的时候，他都在上面洒水来着，我看见他这么做的。

"后来你决定告诉你丈夫。是出于好奇吗？孩子们就在花园里，你能听到他们嬉闹的声音，而威廉呢，就坐在你对面，在看报纸。你有一股疯狂的冲动，想说：我今天晚上要把我的兔子带到田里去，向上帝祈祷，求他对兔子吹口仙气，让它活起来，一块田地没了兔子，就是空空的，啥也没有了。然而你却说：'威廉，我昨天夜里做了个梦……'他先是皱了皱眉，很快地皱了皱眉，然后把那双浅黄褐色睫毛的、睿智的小眼睛迅速转到你身上，一切他都心领神会了。使你感到意外的是，他没有说：'我不记得你做过什么梦呀。'他说的是：'玛丽，我不知道你不赞成农民们把他们自己的兔子都杀了。'你说：'我不是不赞成，我想，要是放我身上，我也会这么做。'他并没有照他的性子上来就是一阵冷嘲热讽，或者是极不耐烦；这样一来，你把那只泥兔子取下来，拿到外面一块田地里，把它放在一道树篱上，兔子的鼻子正对着鲜嫩的青草，这时候，你反倒觉得心中有愧了。那天夜里，威廉随意说了一句：'兔子又回来了。你听到这话会很高兴吧。巴兹尔·史密斯在他的地里打死了一只——他说，八年了，这是他打的头一只兔子。嘿，我自个儿也很高兴，这些个小讨饭鬼我还是很想它们的。'你高兴了。你悄悄地溜进寒气逼人、雾气蒙蒙的月亮地儿，朝那段树篱跑去，那只兔子自然是不见了。你站着，拽着你那条厚厚的绿色披肩搭到肩膀上，天很冷，冷得你直打哆嗦，可是你很高兴，很高兴啊！尽管你心里很清楚，是你的一个孩子，或者是别人家的一个孩子，沿着这道树篱悄悄走，看见了这只兔子，就把它拿去玩了。"

玛丽在回信中写道："噢，那好吧，你要这么说，那么也真是这么回事。但我必须告诉你，你要是对事实感兴趣的话，那么，唯一发生了的事实就是，丹尼斯（中间的那个孩子）想开玩笑，就把他那只蓝色的兔子放在史密斯家大门口附近的一段树篱上了，而一天黄昏的时候，巴兹尔·史密斯以为那是一只真兔子，一枪就把它打成了碎片。他原来每年都会因为兔子损失一笔收入，他以为那根本就不是个好笑的笑话。不管怎么说，你干吗不到乡下来，过个周末呢？"

托尼什一家住在村边一座很旧的农家小院里。有一个大花园，种着果树啦、玫瑰花儿啦——什么都有。有那么大一座房子，还有三个孩子，活多得忙不过来；但玛丽尽量把所有的时间都花在了那个棚子里，那个棚子原来是在里面养奶牛的，现在她在里面做陶器。我到的时候，发现他们在厨房里吃午饭呢。玛丽点头示意我坐下。威廉正跟中间那孩子丹尼斯争执不下，丹尼斯，照另外两个孩子的说法，是在"逞能"。或者准确地说，他是在一阵恼人的强烈的自我意识的痛苦之中，这种痛苦小男孩儿有时候都会感染上。他结结巴巴地说着话，痛苦地扭动着身子，眼睛一边骨碌碌地转动着，他那浅黄褐色的长着雀斑的整个脸涨红了，凄苦不堪的样子。

"哎我吃了我就是吃了我就是吃了我就是吃了我就是吃了……"他打住喘口气，眼睛像要跳出来似的。他哥哥说："你没有，你就是没有，就是没有。"

"我吃了，我就是吃了，吃了，吃了……"

当爸爸的这会儿发话了，说得很干脆，但带着火气："那么是这样，丹尼斯，把你的面包吃了，你不可能吃的，明摆着的，你还没有吃嘛。"

"可是我吃了我吃了我吃了我吃了……"

"那好吧，你最好给我出去，到屋子外面待着去，直到你脑子清醒了，适合跟理性的人们做伴儿了，你再回来。"他爸爸说，一副真理在手、胜券在握的样子。

那孩子在斗嘴，哽咽着，号叫着冲向了花园。过了一分钟，老大也跟了过去，很显然是要控制住他。

"他怎么啦？"我问。

"谁知道呢？"玛丽说。她坐在那儿，坐在餐桌一头，眼睛明亮，面带微笑，给大家拿苹果派和蛋奶糊，在她那生就一头浅黄褐色头发、长着雀斑的一家人里面是个面色黝黑、格格不入的另类。

她丈夫很快说："你什么意思呀？谁知道？你知道得清清楚楚。"

"是他跟巴兹尔·史密斯吵架的事儿。"玛丽对我说，"自打巴兹尔·史密斯拿枪打了他那只蓝色的兔子，把它打成了碎片，双方就都怀有敌意。丹尼斯声称，他昨天夜里放火把史密斯家的农舍给烧了。"

"什么？"

玛丽朝一个低矮的窗户指了指，透过窗户，能看到史密斯家的房子，隔着两块地，宛若相框里的一幅画。

威廉说："他歇斯底里的样子，这个样子可是要不得。"

"喂。"玛丽说，"要是巴兹尔开枪把我的兔子打碎了，我也会想把他的房子放火给烧了。这对我来说是非常合情合理的事情。"

威廉发出一声怒吼，但因为有我在场，就不便发作，他怒气冲冲地把四周的人都瞪了一遍，带着最小的孩子出去了。

"哎。"玛丽说，"哎。"她笑笑，"到我的制陶作坊来吧，我要给你看一样东西。"她沿着一道石头地面的走廊在前面走，一个个子高高的、行动懒洋洋的女人，太阳光照在她那棕色的头发上面，闪着亮光。我们经过一扇开着的窗户，一阵吓人的吵闹声、尖叫声、打架的声音传了过来；我们看见三个孩子在草地上滚作一团，扭打着，威廉在一旁跳着脚吼叫："别打了，立即住手！"可是根本不管用。孩子们的妈妈呢，很显然根本就不往心里去，照样走她的路，进了制陶作坊。

这个作坊里摆放着制陶器械，还摆放着许许多多的坛坛罐罐、盘子，以及五颜六色、种类繁多的大壶，排放在架子上。她从一个高高的架子上取下一个小动物，放到我面前。然后就把我留在那儿，而她则弯下腰去侍弄那座窑去了。

那是一种家兔或者是野兔，颜色是略带黄色的棕色，但是耳朵却既不像家兔，也不像野兔——更窄，很尖，很短，就像一根尖尖的、没有长开的小秧苗儿。鼻子更像狗鼻子，而不像兔鼻子；那样子看着好像它是不吃草的——或许是吃昆虫或甲壳虫的？略带黄色的眼睛镶嵌在脑袋的前面。它的后腿没有家兔的腿有劲儿，也没有野兔的腿有劲儿，我看得出它的天赋在于隐藏，而不是在灵活的弹跳之中逃脱敌人的追击。它靠在短粗的后腿上蹲着，前爪子以一种怪异的、扭曲的、几乎是假模假式的姿势抬起来，脑袋扭向一边；两只耳朵向相对方向卷起。它看上去就像是一根弹簧，铆足了劲儿，或者是松了一半的劲儿。它看上去就像是一块奇形怪状的岩石，或者像偶尔长在岩石上七歪八扭的粗糙的植物。

玛丽回来，站在我身边，脑袋略微扭向一边，脸上略微带着显示她性格特点的耐心的微笑，但也带着一种可爱的隐忍的火气。

"喏。"她说，"它在那儿呢。"

我犹豫着，因为这不是我在老陶匠手掌上看到的那只兔子。

"要是一只英国兔子当时会在干什么呢？"她问。

"我没有说那是一只英国兔子啊。"

不过当然了，她说的没错：这个小动物比起我梦到的那只美丽的毛茸茸的兔子来，跟那晾干了的泥棚房、尘土飞扬的大平原要合拍得多。

我冲玛丽笑笑，因为她是在逗我玩儿，就像她逗丈夫玩儿，逗孩子们玩儿一样。不知怎么的我想起了她第一个丈夫和她的几个情人，他们当中有两个我认识。在痛苦的危急时刻，或者是在分手的时刻，她一直都是这样站着的吗？——一个沉静美丽的女子，甜美地发出讥讽的微笑，仿佛说："喂，你要大惊小怪你就来，这跟我可是一丁点儿关系都没有？"如果是这样，我很吃惊他们当中怎么就没有人把她给杀了。

"啊。"我终于说，"谢谢。不管这是什么吧，我可不可以把它拿走？"

"当然可以。我就是给你做的。你必须承认，它也许并不怎么漂亮，但它更有可能是真实的。"

我接受了这个礼物，就像我不得不接受一样。我说："哎，谢谢你屈尊纡贵到我们这个水平，跟我们玩了这么长时间的游戏。"

听了这话，从她那明亮的眼睛里闪出一道黄色的光，而她面部表情依然严肃，仿佛这种乐趣，或者说对实情的承认，都只能通过她眼角虹膜的变化，在内心里这样集中反映出来。

几分钟后，三个男孩儿和他们的爸爸从房子的这部分绕过去，彼此之间吵得正凶。受了委屈的丹尼斯泪汪汪的，而当爸爸的气得快要发疯了。玛丽到这会儿一直都是置身事外的模样，这时她大叫一声，披上一件外套，说："我受不了了。我这就去跟巴兹尔·史密斯说道说道。"

她出去了，我看着她穿过几片田地，朝另外一处宅院走去。

与此同时，丹尼斯满脸通红，非常难受，他来到制陶作坊里找妈妈。他转了一圈，四处搜寻了一番，然后抓住我那个小动物，说："是给我的吗？"我说："不是，是给我的。"但他一把抢了过去。我要他放下来，他只好放了下来，站着，像个风箱一样"呼哧呼哧"喘个不停，脸上的雀斑像茶叶片似的贴在皮肤上。

"你妈妈去找史密斯先生了。"我说。

"他拿枪打了我的兔子。"他说。

"那不是一只真兔子。"

"可是他以为那是只真的。"

"没错儿，可是你当时就知道，他会这么想，他会朝它开枪的。"

"他把兔子给杀了！"

"那是你想让他杀的！"

听了这话，他发出一声尖叫，上上下下跳着脚像个疯孩子，大叫着："我没有我没有我没有我没有……"

他爸爸见此情景走了进来，一把抓住他那挥动不已的胳膊，把这孩子摁到地上，逼着他安静下来，就这么摁着他，狂怒之中说了这一句不可思议的大白话："我这——辈——子——还从没——听见过——这样的——疯话！"

这时玛丽由史密斯先生陪着进来了，他块头很大，模样英俊，是个很年轻的男人，长着一副可爱的开朗的面孔，但这会儿因为要做他已经答应要做的事，脸色不太舒服。

"把那孩子放开。"玛丽对丈夫说。丹尼斯一下子摔到地板上，滚到一边，脸朝下趴着，"呼哧呼哧"抽泣着。

"把那两个也叫来！"

威廉乖乖地走到窗口，大声叫道："哈利、约翰，哈利、约翰，赶快到这儿来，你妈叫你们呢！"他说完就那么杵着，两只胳膊交叉在胸口，一副被斗败了的哲学家的模样，生气地咧了咧嘴。这时另外两个孩子走了进来，站在门口等着。

"现在，"玛丽说，"站起来，丹尼斯。"

丹尼斯爬起来，一脸的痛苦，满含希望地朝妈妈看了看。

玛丽看了史密斯一眼。

史密斯开口了，小心翼翼地把每一个字都说对了："我很抱歉我杀了你的兔子。"

当爸爸的发出一声尖厉的怒吼，但妻子瞪了他一眼，他立马安静下来。

丹尼斯的胸腔鼓起来又陷了下去——顷刻间又要泗泪滂沱了。

"丹尼斯，"玛丽说，"跟着我说：'史密斯先生，我很抱歉我放火烧了你们家的房子。'"

丹尼斯说得很快，为的是及时把话说出来："史密斯先生我很抱歉我放火烧了……烧了……你家……你家的……"他吸了吸鼻子，呼出一口气。但玛丽坚定地说："房子，丹尼斯。"

"房子。"丹尼斯说完就痛哭起来。他一下子扑进妈妈怀里，把头埋在她腰里，站着号啕大哭，身体扭动着，而她则把一双大手放到他那浅黄褐色的头发上，冲史密斯先生微微一笑。

"亲爱的上帝啊。"她丈夫说着，让交叉着的胳膊垂落下来，垂落得非常夸张，现在这场滑稽剧收场了？"巴兹尔，来喝上一杯吧。"

男人们走开了。其他两个孩子站着，一声不吭，感到不好意思，因为丹尼斯有这么激烈的情绪，他们很显然是要负部分责任的。之后他们就悄悄地溜出去玩了。整个房子又安静了下来，只有丹尼斯声音愈来愈小的抽泣声。不久，玛丽就把这孩子抱上楼去哄他睡觉了。我待在那间石头地板铺就的偌大的制陶作坊，看着我那只七歪八扭、奇形怪状的小动物，看着玛丽的作品一片蓝、一片绿，五彩斑斓地靠着四周的墙壁摆放着。

晚饭吃得很早，很快就吃完了。男孩子们都默不作声，丹尼斯少气无力的，吃不下饭。床铺是给每个人都规定好的。威廉不断看着妻子，他那浅黄褐色的八字须下面，嘴巴一动不动，我们肯定能听得到他心里想什么：我是设法把他们抚养成理性的人的，而你却往他们脑子里装满了这种乱七八糟的东西！然而她却回避着他的目光，沉静而悠远地坐着，给大家盛土豆泥和红棕色的炖肉。我们洗完了杯盘，她才对他笑了笑——她那甜甜的、妩媚的微笑。很显然他们两个需要独处。我就说，我想早点儿睡觉，就离开了他们：我还没有走出房间，他就已经走过去抚摸起她来。

第二天，一个暖融融的夏日的礼拜日，大家都很放松，这座老房子静谧安详。那天傍晚，我带着我的泥塑小动物走了，玛丽依旧迎合着我，微笑着说："让我知道你那个地方进展的情况啊，不管那地方在哪儿。"不过，我把她那漂亮的小动物装进我的行李箱了，所以我不介意她迎合我。

那天夜里，在家里，我走进那个集市，向那个老陶匠走过去，他看见我走来，就停下了手里的轮子。那个小男孩儿皱着额头、一双神情专注的眼睛本来在看着陶匠的手,这时抬起眼睛,冲我笑笑。我伸手把玛丽的小动物递了过去。老人家接过来,斜着眼睛仔细端详了一番,点了点头。他把小兔子放在左手上,用右手往兔子身上洒了些水,手掌朝堆满垃圾的尘土落了下来,那小东西一跃而起,就跳走了,动作轻快,幅度很大,直到穿过一座座小屋,跑出了定居点,才在一小片露出地面的犬牙交错的棕色岩石上停了下来。在岩石上它抬起前爪,以玛丽为它创造出的姿势一动不动。一只白头鹰或是雄鹰飞过头顶,朝下俯瞰,但没有看见玛丽的小动物,就继续飞翔,向上飞,飞进平坦而干燥的大平原到群山之间那广袤无垠的湛蓝色的天空。我听见轮子"吱扭吱扭"转动起来,老人家又回去忙活起来。小男孩儿蹲在那儿,看着,陶匠的右手洒的水喷洒到他正在做的那只碗上,喷洒到孩子的脸上,那熠熠闪光的水珠喷洒成一条美丽的弧线。

多丽丝・莱辛(Doris Lessing,1919年10月22日—2013年11月7日) 英国当代著名作家,2007年度诺贝尔文学奖得主。其主要作品有《金色笔记》《野草在歌唱》《又来了,爱情》《天黑前的夏天》《暴力的孩子》等多部长篇小说以及诗歌、剧本、非虚构作品、自传,此外还出版过12部中短篇小说集。本文译自多丽丝・莱辛的中短篇小说集《到十九号房间去》,系国内首译。全书将由人民文学出版社出版。

杨振同 河南新乡人。文学翻译家,广东外语外贸大学南国商学院英语语言文化学院副教授。中国翻译协会专家会员、广东省翻译工作者协会专家会员和广东省作家协会会员。出版译著6部,有大量译作在《世界文学》《译林》《外国文艺》等刊物发表。部分译作被收入《诺贝尔文学奖获奖作家短篇小说精品》《诺贝尔文学奖获奖作家微型小说精品》《小说山庄》《小说中的小说（亚非美洲卷）》《2005年外国文学作品精选》《2006年外国文学作品精选》等文学作品选集。

艺 术

李颖超／**无情诗人多情诗**

于爱成／**自他无别，同体大悲**

无情诗人多情诗
——读《西厢记》

◎李颖超

她出身高贵,不仅有倾国倾城之貌,而且针织女红、诗词书算,无所不能。这样的女子,是能让人一见倾心的。果然,在她最美的年华,遇见了风流多情的他。

每个男人,都想拥有一个崔莺莺

她是相国之女,名崔莺莺,因同母亲一起送父亲灵柩回家乡安葬,途中暂住河中府普救寺。这一天上香之时,莺莺与赴京城赶考、欣赏普救寺美景的书生张君瑞偶遇,四目相对,秋波流转。爱情如一树桃花在书生心中灿烂绽放。"兰麝香仍在,佩环声渐远。东风摇曳垂杨线,游丝牵惹桃花片,珠帘掩映芙蓉面。"惊鸿一瞥,美人如玉,那边伊人已去,书生依旧如痴如醉,她的一颦一笑,她眼角眉梢的风流烂漫仿佛将书生的魂魄勾了去。张生自此茶饭不思,患上了相思病。真正是为伊消得人憔悴,一分一秒都无处逃逸,于是想尽办法赖在寺中借宿,住进了西厢房。

张生从和尚那里打听到,美人每晚都会去花园内烧香。夜深人静、月朗风清之时,张生悄悄来到后花园内,偷看美人焚香。随即吟诗一首:"月色溶溶夜,花阴寂寂春。如何临皓魄,不见月中人?"这么文艺又这么大胆的男子令她心中一动,便和了一首:"兰闺久寂寞,无事度芳春。料得行吟者,应怜长叹人。"

这一吟一和,把两颗心给系住了。

城外一草寇闻听莺莺有沉鱼落雁之容,率五千人马,将普救寺层层围住,欲抢她做"压寨夫人"。老夫人与众家丁一筹莫展,危急中发愿说,不管是什么人,只要能杀退贼军,就将小姐许配给他。

张生一听,喜不自禁,自己的拜把子兄弟可巧是镇守蒲关的大元帅,统领十万大军。于是,张生用缓兵之计先稳住贼寇,然后写了一封书信求救。

小和尚下山去送信,三日后,救兵到,贼人散。

老夫人在答谢宴上貌似得了失忆症,说好的以女相许瞬间变成了结拜兄妹,并赠给张生好些金银聊表谢意。

郎情妾意的两个人傻了。一个五内俱焚病倒在床,一个以泪洗面容颜憔悴。小丫鬟红娘见二人不胜其苦,便做了传信搭桥的可人儿。

从听琴到探病,闺房千金揣着一颗热乎乎的心,恨不得立刻捧到那个让自己"每日价情思睡昏昏"的人面前。最后那一步,莺莺闭眼跨了过去,自此两人一往情深,她成为张生的"娇羞花解语,温柔玉生香"。他们度月如日,连空气都是甜的。

待老夫人得知一切,亦是木已成舟,只得吞下一口恶气。在《拷红》中,她气骂道:"罢罢罢,谁似俺养女的不长进,红娘,书房里唤将那禽兽来!"老夫人输给了张生,但她还要辱骂几句才解气,最后不得不忍痛将女儿许配给"那禽兽"。条件是:张生如果想娶莺莺,必须进京赶考取得功名才行。

临别时,莺莺在十里长亭摆下筵席为张生送行,再三叮嘱张生休要"停妻再娶妻",休要"一春鱼雁无消息"。

结果当然是花好月圆。张生得中状元，莺莺凤冠霞帔与意中人终成眷属。

读者都可以替他们想象一下此后的日子，多么快乐而恣意，浓得化不开的幸福感，流淌在秋千、薄酒、花钿间……

那该是一生中最轻快的时光吧，两个人月下酌酒，花前对诗，红袖添香。永远的姹紫嫣红，你侬我侬，真乃神仙眷侣。

如果日子可以这样一路走下去，那么，她这一生，真正是得偿所愿。只是现实比传奇更忧伤、更冷酷。

红颜未老恩先断

很多人不知道，这故事改编自唐代元稹创作的小说《莺莺传》，那里面，她的结局让人唏嘘不已。一个团圆美满，一个始乱终弃。《西厢记》的大团圆是中国文人永远的才子佳人梦，童年时，看到王叔晖的彩绘小人书《西厢记》，爱不释手，心心念念，不知动了多少脑筋，卖了多少废铁，熬了多少时日，才将那本小画书买回家。从听琴开始临摹，莺莺的模样从此在心中活色生香。

如果，人生注定喜乐参半，一半明媚、一半忧伤。那么，在王实甫的《西厢记》中，给了她岁月静好，而在元稹的小说中，她命运多舛。

把这凄凉故事告诉我们的，正是那个著名的负心人元稹。在《莺莺传》中，元稹的字里行间藏不住扬扬得意："你们看这么优秀的女子，她是这么爱我！"

元稹的原配夫人叫韦丛，贤淑早逝，元稹在韦丛死后，给她写过许多催人泪下的诗句。因为这个女人陪他度过了最艰难的日子，还因为走得早，尚未厌倦，因此难忘。最记得那句："惟将终夜长开眼，报答平生未展眉。"尤为感人，而"曾经沧海难为水，除却巫山不是云"更是令人动容。

　　只是这思念既不影响他续弦，亦不影响他纳妾。而且，元稹刻骨铭心的初恋，是给了一个小女子的。她当然不叫崔莺莺，更不是相门之女，若是，元稹也不会在金榜题名之后巴结权贵韦夏卿，断然抛弃才貌双全的她。在元稹的心灵深处，一直没有忘记她，那个叫小迎的少女。日后便以崔莺莺为原型，创作了小说《莺莺传》，并且以张生自居。

　　原著小说里描述，张生见了莺莺后，惊为天人，想各种办法请她的丫鬟红娘帮自己递字条传消息。红娘起初被他吓了一跳，不禁纳闷问道，你为什么不光明正大地来求婚呢？

　　张生表示，自己一向矜持，一般人都看不上。但"昨日一席间，几不自持。数日来，行忘止，食忘饭，恐不能逾旦暮。若因媒氏而娶，纳采问名，则三数月间，索我于枯鱼之肆矣"。意思就是我自见了你家小姐后，这世上就再没有旁的事了，如若不能快快见到她，便要出人命了。

　　可是，爱一个人，怎么可能连媒人都没有时间请？怎么舍得不许她一个未来？又怎么可能连三四个月都无法等待？如果一个男人在追求意中人时压根儿没想过求婚，那么以后结婚的可能性有多少？

　　结果善良的红娘还真的给张生出主意说，我们小姐出身名门、性格孤傲，钱财之物断断砸不动她，况且你一个穷书生，也没有这样的大手笔。不过小姐也有弱点，她是个女文青呀，感情丰富，你试试写点什么没准能打动她。

　　张生大喜过望，风月文字是自己的拿手戏啊。果然，两首《春词》就打动了莺莺的芳心。

　　有人说女人是靠听觉在恋爱，男人是靠视觉在恋爱，其实女人是靠感觉在恋爱。

　　她回复张生："待月西厢下，迎风户半开。拂墙花影动，疑是玉人来。"

张生知道这首诗是约他相见的。第二天晚上，便爬树翻墙，进了她的房间，没想到她一脸正气地把他一通数落："非礼之动，能不愧心？特愿以礼自持，毋及于乱！"一句话，请你自重。

说完，转身走了。剩下张生一个人呆立。

到这里，她以为，张生会知难而退了，自己也好收心。却想不到，书生使出了最后的撒手锏——要死要活地生了一场病。久居深闺的她哪里见过这阵势？愁肠百结之后，想想他到底救过自己，豁出去探病吧。这张生一见佳人便哪儿哪儿都好了。

走出了第一步，这第二步便由不得自己了，她忘我地勇敢了一次。背弃束缚自己的礼教，选择去爱，去毁灭，去重生。

于是乎，这西厢探病一来二去便成了"红绡帐底卧鸳鸯"。张生本人"性温茂，美丰容"，又那么会说情话，怎不让深闺女子春心萌动。她对未知的将来既期待又恐惧，她知道自己的行为是不容于世的，所以才在第一次张生翻越粉墙时严词拒绝他，那一番话其实是在警告自己不要迷了心智，否则将万劫不复。她何尝不是想给自己一个了断，亲耳听到自己对这段感情的宣判。可是，她这样一个大门不出、二门不迈的大家闺秀，除了父母之命、媒妁之言，今后到哪里得遇这样玉树临风的才子？她嘴里说着拒绝，心中却是万分不舍。在无尽的犹豫与纠葛之中，她一步步滑向张生的怀抱。

在她最寂寞最孤独最无助的时候，爱情来了，她为什么要理智要控制，她喜欢这种失控的感觉，天大的事情都没有这份情重要。或许每个女子的血液里都奔流着冒险的因子，所以会为了爱情不顾一切，哪怕被抛弃被鄙夷被万夫所指天地不容也在所不惜。这样一份情，有谁能够挡得住呢？

和张生缠绵缱绻，只在天明将别的时候，呜咽哭泣。她内心有多么矛盾呀，良宵，她是那个买醉之人，不想清醒也不愿清醒。她明知道自己在做一件错事，却无法控制内心对于张生的情意，她宁愿在一种迷醉的状态下委身于自己的爱人。在这段关系中，她是被动的，带着满腔的欢喜和迷茫，她在豪赌，哪里知道命运的另一个名字叫出场顺序，这才是真炎凉。

看到终日魂不守舍的女儿，老夫人渐渐察觉出端倪，先是拷问红娘，再是怒女不争，而莺莺顶着所有压力，给出唯一的答案：我爱他。

然而，她看错了这个人。

她要的天长地久，张生给不了。耳鬓厮磨了月余，忽然急着要去长安了。

男人是很现实的，对自己要娶什么样的妻子，永远比女人更清楚。张生苦读诗书的终极目标是走仕途，而在那个年代，读书人想平步青云，结一门有权有势的姻亲就像拿了一对王炸，对于张生来说，婚姻无疑是第二次投胎，而她一个过气的相国之女，已经不是一条通天的捷径了。

有很多事情，当事人最明白，对于张生而言，与莺莺到了这个地步，不给她一个交代，也要给老夫人一个交代。既然不想求婚，就只能说去长安读书或赶考了。莺莺也不是寻常脂粉，知道张生心里打着小九九。既放不下身段来求他，更不会寻死觅活地缠住他。那种"等我考中后再来接你"的鬼话，冰雪聪明的她看得真真亮亮的，除了满脸愁怨，她不发一语亦不相送。

也许她一直觉得，妥协一些、容忍一些，可以让一颗坚硬的心变得柔软，但当她把底线放到最低，得到的亦是更低的结果。

几个月后，张生再回蒲州，还是只求温存，不提婚事。"拼将一生休，尽君一日欢"。等到他再次离去时，莺莺含泪说："始乱之，终弃之，固其宜矣，愚不敢恨。必也君乱之，君终之，君之惠也；则殁身之誓，其有终矣，又何必深感于此行？"这真正是把自己低到了尘埃里，她为他褪去一身的骄傲，既已失身，她的命运，就只能由张生决定。

这是怎样的一种心痛呢？假如仅仅是个人情感的失败也就罢了，但是其中还隐含着整个家族的衰败和老母最后一丝的期望。人很多时候并非为自己而活，所以最不能承受的并非自身的失败，而是自身的失败给至亲之人带来的伤害。

她完全看透，张生当初不肯为她而留下，以后也不会为她归来。

男人使尽浑身解数吸引女人，被吸引后的女人只能做一件事——留住他。但张生决绝地走了，留给她抹不掉的羞辱和重击。

想当年，初相见，以为这个男人可以为自己遮风挡雨，不曾料到，此后所有的风雨，都是他带来的。

张生应试不中，滞留京城，闲暇时又写信给她，收到他送来的书信、花粉，她回信不卑不亢，有对爱情的渴望，有对自己一念之差的懊悔。然而言辞中仍小心翼翼表露出对张生的情意，对于爱情，她还抱有一丝希望。她寄上玉环、青丝等物以示对爱情的忠贞，期望张生能够被感动，回心转意。多少会有这样的期盼吧，希望对方回一句："我懂你。"

只是，她再也想不到，在长安，张生将她的书信拿给朋友们看，把她的这份真情到处炫耀。众人点赞作诗取乐，他们俩的情事居然成为当时文化圈里茶余饭后的八卦谈资。

张生辩白说，之所以放弃她，是因为"大凡天之所命尤物也，不妖其身，必妖于人。使崔氏子遇合富贵，乘宠娇，不为云，不为雨，为蛟为螭，吾不知其所变化矣。昔殷之辛，周之幽，据百万之国，其势甚厚。然而一女子败之，溃其众，屠其身，至今为天下僇笑。予之德不足以胜妖孽，是用忍情"。大家叹口气，深以为然，居然没有人指责张生的负心薄幸。

舌上有龙泉，杀人不见血。分手，最检验人品。交好时的百般热烈，都不如分手时不出恶言。、

那个叫小迎的女子，在元稹的小说中被比作"尤物"，红颜祸水。

自己与这样的女人断绝关系，也算悬崖勒马了。原来少女那赴死般的爱恋，只是一个男人犯的小过错。

百无一用是深情，只道无心苦用心。

说什么，君不见满山红叶，尽是离人眼中血。

总有一些信任是后悔给予对方的。遗憾的是，覆水难收。

完全不知道，那个和他青梅竹马的小迎如何面对她以后的人生。元稹之于小迎，是生命中的希望，而小迎之于元稹，只不过是一场艳遇。

论才情，元稹是天下人熟知的"元才子"。传世诗作三百八十多首，就连流放荆蛮之地所作诗篇，文人雅客亦争相传阅，一时纸贵。他的才名远播朝野，宫中嫔妃都喜欢以元稹的诗谱曲。

在元稹志得意满，欢娱畅快之时，小迎独自走过自己的寒冷和深渊，嫁人了。后来元稹偶然路过她居住之地，想象着：才子元郎今又来，桃花依旧笑春风。元稹这样才华横溢的男人，都容易犯一个错误，认为曾经爱过他的人定会永远铭记着他，无论多久，他一回头，她还如当年那般奋不顾身。他以表兄的身份求见，小迎坚辞不见，赋诗谢客。她硬着骨头咬着牙写下："弃掷今何在，当时且自亲。还将旧时意，怜取眼前人。"话说到这份儿上，我们知道，这个让她如坠地狱如上天堂，让她品遍甜蜜尝尽哀伤的男人，她是完完全全地放下了。任前方山高路远，从此与君绝。

没有执手相看泪眼，没有原谅，只是放过了自己。

真是为小迎庆幸，果真委委屈屈嫁了元稹，能过什么样的日子？背叛的人，会一次又一次地背叛，被践踏的底线，会一次又一次地打破。据说，古时犯人被推去菜市口行刑，会想法给师傅一些钱，恳请把刀子磨锋利一些，来个痛快。可多少女人，却终生忍受着钝刀子的折磨，一刀一刀，看不到尽头，也没有希望。还不如挥剑斩情丝，纵然是"红颜未老恩先断，斜倚熏笼坐到明"，又如何？

反倒是元稹，多少次曲终人散，梦残酒醒，终其一生都不能释怀。她早已化为了诗人心口的一枚朱砂痣，挥之不去。

叶知秋说过：这么多扇门进进出出，其实没有什么不同，某人会以宿命的脸孔在房间等着你来相会，但没有一个房间可以让你停留一生一世，如果走过了太多扇门，似乎会忘记最温情的一间是在何时何地。

唯有时间了解爱，也唯有时间才能证明不爱。

"半欲天明半未明，醉闻花气睡闻莺。猧儿撼起钟声动，二十年来晓寺情。"人到中年的元稹回忆年少风流之时，在那古寺的西厢，那个散发着鲜花一样香气的女子，用鸟儿般婉转的声音对他低语："钟声响了，想来我也该回去了。"

那一夜的经历对于元稹来说是如此深刻，以至于很久以后依然清楚地记得那天的日期、那夜的月色。元稹在《会真诗》里清晰地描写了一夜缠绵的经过，在千年之后的人们看来，那诗依然香艳露骨，荡人心旌："微月透帘栊，萤光度碧空；遥天初缥缈，低树渐葱茏……低鬟蝉影动，回步玉尘蒙；转面流花雪，登床抱绮丛；鸳鸯交颈舞，翡翠合欢笼；眉黛羞频聚，朱唇暖更融；气清兰蕊馥，肤润玉肌丰；无力慵移腕，多娇爱敛躬；汗光珠点点，发乱绿松松……"

人们在意的永远是自己，自己的回忆，自己的遗憾，自己的青春时光。

终有弱水替沧海，再把相思寄巫山。

一生偎红倚翠，宦海沉浮，无论经历多少时间流逝，多少世事沧桑，元稹的内心深处始终有一个角落，贮存着一个花季少女对他最初的爱，也是最好的爱。

我们常说，今天是昨天的果亦是明天的因。

我不知道元稹的"曾经沧海难为水，除却巫山不是云"到底指哪一位，是莺莺，还是韦丛，抑或是薛涛？

多情薄意，自然不能完全责备才子文人。中国传统观念中，好男儿志在四方。儿女情长不过是人生一时的华筵。女人只是古代文人墨客失意之时的寄托，爱情并非两个平等个体生命的互补，而是人生的一时之需。

中国人的现实生活里，找不到"爱情"这两个字。对于爱情的信仰，或许只存在于看戏的那段辰光。

当年，元稹的理智战胜了情欲，只好在文字里去凭吊感情，所以才为我们贡献了很多脍炙人口的情诗。

正所谓：人瘦尚可肥，士俗不可医。

愿有情人终成眷属

"愿有情人终成眷属"这一美好的愿望，不知成为多少文学作品的主题。莺莺和张生一波三折的爱情故事，虽然被历代统治者一再列为禁毁之列，但其结果却千百倍畅销，刻本之多，评家如云。

历来评论家多爱用"人性解放"来赞扬《西厢记》，真不敢苟同。《西厢记》与《莺莺传》两相对照，后者虽是悲剧，却显得合情合理，也更深刻。王实甫虽硬生生地要把"多情女子负心汉"扭转成"两情相悦大团圆"，虽是观众喜欢的合家欢，还是于理不合。

《红楼梦》第五十四回，评书人说到《西厢记》时，贾母笑道："这些书都是一个套子，左不过是些佳人才子，最没趣儿。把人家女儿说的那样坏，还说是佳人，编的连影儿也没有了。开口都是书香门第，父亲不是尚书就是宰相，生一个小姐必是爱如珍宝。这小姐必是通文知礼，无所不晓，竟是个绝代佳人。只一见了一个清俊的男人，不管是亲是友，便想起终身大事来，父母也忘了，书礼也忘了，鬼不成鬼，贼不成贼，哪一点儿是佳人？便是满腹文章，做出这些事来，也算不得是佳人了。比如男人满腹文章去做贼，难道那王法就说他是才子，就不入贼情一案不成？可知那编书的是自己塞了自己的嘴。再者，既说是世宦书香大家小姐都知礼读书，连夫人都知书识礼，便是告老还家，自然这样大家人口不少，奶母丫鬟服侍小姐的人也不少，怎么这些书上，凡有这样的事，就只小姐和紧跟的一个丫鬟？你们白想想，那些人都是管什么的，可是前言不搭后语？"

众人皆附和。末了，贾母又说："这有个缘故，编这样书的，有一等妒人家富贵，或有求不遂心，所以编出来污秽人家。再一等，他自己看了这些书看魔了，他也想一个佳人，所以编了出来取乐。何尝他知道那世宦读书家的道理！别说他那书上那些世宦书礼大家，如今眼下真的，拿我们这中等人家说起，也没有这样的事，别说是那些大家子。可知是诌掉了下巴的话。所以我们从不许说这些书，丫头们也不懂这些话……"

真正觉得，贾母的话说到了点子上。

先说崔家，虽然崔相国去世，但偌大一个相府，断不可能让小姐身旁只有一个不知轻重的小丫头。况且老夫人还有一个森严的家规：家庭宅院，不许一个男子出入。用张生的话说便是"夫人怕女孩儿春心荡，怪黄莺儿作对，怨粉蝶儿成双"。

再者说，崔家避乱暂时停灵在普救寺。任小姐再多情，父孝在身，怎么可能与张生私会委身一个月？

还有那些大批特批老夫人嫌贫爱富的人，哪里明了一个母亲的心意？在那个"存天理，灭人欲"的时代里，一个女子，一旦失身，于男人，便是云泥之别。

观元稹情史，大抵如此，对小迎，对薛涛，通通是辜负。

望遍红尘，人人都可怜地追寻着完美坚贞的爱情，但是它只属于童话和神话。童话表彰忠贞和坚韧。那里面的人都没有活太久，而我们的一生却很漫长。社会的现实，无情摔打着我们的理想，让我们不敢再对任何过去坚贞不移的东西，表示出肯定与信心。

窃以为，真正的生活，是一个平庸的我，遇到一个平庸的你，我们愿意放下标准，相互偎依。

我所理解的爱情应该是两个独立的个体，彼此明了对方所有的缺点和不完美，却就是那样无法分离，心里的包容和呵护是给属于自己生命的一个人。简简单单，朝朝暮暮，油盐酱醋。

在这个纷乱的世界里，选爱人不需要太多条件，最好的爱，走到最后，都是灵魂的相依为命。相见之欢不如处之不厌。

犹记得，年少时，春节的家宴上，长辈们的"火车"开到老姑奶奶处断了，老姑奶奶笑着认罚，清清嗓子唱道："夜深深停了针绣，和小姐闲谈心。听说哥哥病久，我俩背了夫人到西厢问候。他说夫人恩当仇，教我喜变忧，他把门儿关了，我只好走。他们情意两相投，夫人你能罢休便罢休，又何必苦追究，一不该言而无信把婚姻赖，再不该女大不嫁把青春埋，三不该呀不曾发落这张秀才，如今是米已成饭难更改，不如成其好事一切都遮盖……"

窗外终是夜了。

李颖超　生于20世纪70年代。中国作家协会会员，编审。有小说、散文发表在《花城》《散文》《北京青年报》《天津日报》等多家报刊。已出版《醉蝴蝶》《风过留痕》《赶大营》等散文集、长篇小说、话剧剧本13部。现居乌鲁木齐。

自他无别，同体大悲
——王国华笔下的草木众生与本心

◎于爱成

一

写街巷，写植物，王国华无论写什么题材、内容，总是调动着他的全部感观、全部知识、全部理论、全部文化储备，或正面强攻，或迂回包抄，或旁敲侧击，或欲擒故纵，很少正面来描写、叙述、抒情、分析，总有点苦涩、老辣之感。说是托物言志也好，说是借物喻人也好，或者说是触景生情、借景抒情也好，都有那么一点，似周作人非周作人，似钱锺书非钱锺书，似刘亮程非刘亮程，似冯杰非冯杰，似小品非小品，似随感非随感，文体也处于一种含混状态、自由状态、野生状态。

王国华的文字，其实是有种狂欢性在里面。这样的文字往往旁征博引，段子小品，民间笑话，泥沙俱下，顺手拈来，想怎么写就怎么写，想加上去就加上去。如果不看文章整体全貌，只是片段性地浏览，会觉得驳杂而随意，会觉得可有可无。其实未必如此。如果你自作主张，对貌似拉拉杂杂之处做了删除、做了屏蔽，那附丽于王国华语言之上的批判性、反讽性也就无所落脚了——这恰恰是作者随感性文体的组成部分。

《睡莲》一文，取拟人化、第一人称，放开来写，自由写来，不拘束，不刻板，不是博物志、植物志的写法。而是喜欢从外围、从联想、从相关的社会经验来宕开一笔，然后再曲折返回。就有了趣味，有了性情。不再是法布尔的《昆虫记》，不再是达尔文的《进化论》。睡莲，从睡莲，从睡莲及其附丽的文化、哲学、宗教思想，从她的象征性、指代性、文化积淀和心理暗示性，写到了人生的意义——生与死，短暂与永恒，此生与来生等等。最妙之处是这一句："该姿势必是总结了人情种种，不卑不亢，不疾不徐，穿越高山莽原，大漠碧海，落定于这一方浅水中。"这哪里是写睡莲？

这睡莲既是希腊、罗马神话中的神灵，又是古埃及神话里轮回与复活，可以起死回生的象征物，所以文章中说睡莲"腐烂之后，还有其他出现形式，又是一生又一生，无数的生生世世。连灵魂都只是变化中的形态之一，而非终结"。而这还不是睡莲作为一种隐喻的全部。文末说，"只要白天黑夜不停轮转，只要宇宙还在，睡莲就在"，实际上是将睡莲升华为一种图腾的高度来理解了。睡莲，是睡莲，又不仅仅是睡莲；睡莲如同人，如同众生，如同万物，睡莲的一生就是万物众生包括人类的一生，睡莲的命运，也就是万物众生的命运。在作者笔下，这睡莲，就第一次真正被赋予了意义，让睡莲从莲花的强势话语中凸显出来，突围出来。睡莲与莲花，各得其美，各得其所。

《石榴花》一文本来让我充满期待，在我的期待视野中，希望看到作者对石榴花来一番繁复的、绚烂的、煽情的描写，让我们见识是怎样的"五月榴花照眼明"，怎样的"石榴花映石榴裙"，怎样的"一丛千朵压栏杆，剪碎红绡却作团"，等等。然而看不到。王国华竟然采用了白描、口语化的白话，上来就若无其事地、王顾左右而言他般地谈起周星驰电影中一个叫作"石榴"的女仆这样一个小人物。接下来一段仍然故意无视我们的期待，说起来旧时清代殷实人家的标配。石榴，作为他的眼中的实存的植物的石榴，迟迟不来登场。第三段，怎么着，作者仍在避实就虚，写起他记忆中的石榴之酸，写他并不足够愉悦的味蕾上的回忆。铺垫至此，第四段起，才写到当下、写到眼前的石榴树：

> 而我，此时，想到的是什么呢？想起来希腊诗人埃利蒂斯《疯狂的石榴树》：在这些粉刷过的乡村庭院中，当南风/呼呼地吹过盖有拱顶的走廊，告诉我/是不是疯狂的石榴树/在阳光中撒着果实累累的笑声，/与风的嬉戏和絮语一起跳跃；告诉我，/是不是疯狂的石榴树/以新生的叶簇在欢舞，当黎明/以胜利的震颤在天空展示她全部的色彩？……
>
> 想起家乡叔叔院子里农历四月如火焰般艳丽无双的石榴花，农历八月小灯笼般挂在树上的一个个石榴果，以及她的甜，她的咧嘴，如笑靥，如梦。如物是人非的乡愁。如不可知的命运。

而国华呢？

仍然跟我不在同一个频道上，仍然不做抒情化描摹。我也明白，其实国华也无再做描摹的必要了——关于石榴花的描写与抒情，早已经过剩了。还能怎么写？聪明的他，只用了一小段文字，对石榴树、石榴花、石榴，做了概而括之、简而言之、笼而统之的介绍（并不带有感情色彩，刻意采取零度情感）。这就是石榴。她就这样。没有什么可抒情的。但，"我"仍然要写她，要对她说句话——这就是文章最末一段了。

现实与记忆、遗忘与想象，或者说是想象与现实、记忆与遗忘，想得起什么，记不起什么，是顽固的记忆机制左右着作者对现实做出判断，对记忆做出召唤，作者脑中回环的都是过去的物事，挥之不去的旧影，附着了时代、社会、家庭、个人成长的经验，形成一种格式塔，一种貌似实存而似是而非的幻象，而对眼前的实有反而无从进入，无从亲近，无从找到对话的言辞。从而，尽管如"亲人"的"石榴花"，尽管"也急得跳脚",却仿佛"隔着湍急的流沙河遥望,握不到彼此的手"。

"我"与石榴花遥遥相隔的,是时光的流沙,也是湍流不息的流沙河。

再看《凤仙花》。文章起笔与我的想象,又完全分岔到了两条道上。为什么我一看到"凤仙花"三个字,会想起来"小凤仙"?正如《石榴花》一文所折射的顽固强大的记忆与遗忘机制。"小凤仙",让我和我这个年龄段的人,想到她的"低贱",她的情,她的义,等等。国华是准备怎么写、写什么呢?国华上来就以拟人化手法,给出来一个特写——在运动场周围花花草草组成的王国中,大家都各忙各事,各自安好,而凤仙花此时或者说一直,都"神经紧绷,一副战斗姿势"——如临大敌的样子出现在我们读者面前——接下来,作者开始不厌其烦地介绍这花的茎、叶、花,讲到这花的颜色和姿态,是啊,这也许就是我喜欢的直奔主题的描述吧。

但作者笔触一转,赤裸裸、不掩饰、有点残酷地写到这花的"近瞧"之下的不美、不堪或者说残缺——"叶子多破败不堪""花瓣亦残破,或半开半枯"——这显然又出乎我的意料了,越过或掠过"开得极盛,远望算得上艳丽"的美感(是的,凡花都各有其美感,正如凡少女都有青春。何况,在记载中,凤仙花其实如鹤顶、似彩凤,姿态优美,妩媚悦人),而直接聚焦了她的不完美。只是,这不完美,这残缺、残破,并非萎缩,并非丑陋,而是呈现为一种战斗后的姿态,战士的姿态——"像刚从战场上归来的士兵",尽管"丢盔弃甲",仍"双手紧握刀枪剑戟",从而也是一种勇士的姿态。

较之它们身边、它们周围的植物,这样的凤仙花,即使如初下战场的战士,不失一种勇武之气,但仍被视作一种低贱之物,"至贱之花",一种"俗物"。它们似乎与这城市,这场域,这环境,有点不相匹配，或者说有点不配长在这里，这大都市，大深圳，这中产阶级的"高贵"之地。然而它们在，在这里，它们有它们的价值、它们的不可取代之处。王国华洞察了它们的"底细"、了解了它们的"身世"，感同身受般说出它们的故事，透露了它们不美不雅不堪的身姿背后掩藏的无言的秘密——"它们并未跟谁搏斗。战斗的姿势，其实是奔跑的姿势。""它们汗流浃背，上气不接下气，日夜兼程，只不过为了和其他花朵一样，从容过庸俗的日子。"——是的，它们，原来在作者这里，成为一种象征，指代被视为低端、底层、打工者的我们的父老乡亲、我们的兄弟姐妹！它们的奋斗、挣扎，拟人化为一个阶层的奋斗、挣扎，而这奋斗、挣扎，正残酷、激烈如战场上的战斗，只是为了过上从容、平庸如其他植物那样"整整齐齐""干干净净""鲜亮、光彩，浑身上下透着一股高贵之气"的日子。

至此，作者笔下的凤仙花，终于完成了一个与我共情的闭环。我之"小凤仙"与国华之底层奋斗者，时移世易，终究不脱它的底层的底色。凤仙花之名，空有"凤"，空有"仙"，唯有苦斗才是它们的命运。

二

国华写草木总是不按常理，不遵常情。《马利筋》中，对马利筋的描写，细致而准确，但却不写这花之"艳丽"，取其一点，专写其毒性。为何被人视为"剧毒"的有毒植物，还有若干小生物依附于它生存，而且活得悠闲自在？人类之"毒药"，却是他们的天堂、"蜜糖"，想来这大自然竟是如此的神奇。而人，在自然规律面前，竟也是有点微不足道了。《茑萝松》把自己写成了花，与花不仅发生共情，而且惚兮恍兮，其中有象；恍兮惚兮，其中有物；窈兮冥兮，其中有精，其精甚真，人不是人，花不是花，人为物转，境由心转，相由心生。

《大花芦莉》写到这种名叫大花芦莉的花木，"有一种'不过如此'的气势"！怎么可以这样写？这花难道真的有这倨傲劲？张狂劲？视周边的植物为无物，视周边的看花人为无物？是这个意思吗？还是说这种花木，真的见过大世面、大场面，开过大眼界，历经大悲欢，能够做到见惯不惊、舒卷从容、看开放下？是哪一种情况呢？作者不负责解释，只提供观感。接下去看，作者写出来一种场景，一种状态，在一个小环境中，一面墙，墙上画有仙佛，应是"传道"之用；墙的前面，是大片的大花芦莉，以"周正，大方"之态，以"手拉手""连成一片"之势，形成对仙佛的"拱卫"。这场景，仙佛似呵护着这花等众生，这花似护法护持着弘法。我们这才明白，原来这大花芦莉，真的是有灵性之花，有慧根之花，务求早日觉悟觉醒之花。它是无常世事"不过如此"，有何不妥呢？

　　特别喜欢异木棉。看国华这篇《异木棉》，先自想起跟异木棉的几次遭遇、几次震惊，那种绚烂，那种华美，是一种无与伦比的美之极限。如同我所喜欢的凤凰木、火焰木，以及黄花风铃木，都给我带来巨大的对于天地造化的感叹。国华之前，我也知道福建的散文家苏西也写过异木棉，她笔下的异木棉写得美而温婉多情，"美丽异木棉一开花，好像就抓住了秋天，那些花影织成的经纬，是沉思，是默念，是'若得其情，哀矜勿喜'，那迎着秋日太阳的光线抖弄开的碧云天与艳丽花，似乎可以在某些哀愁之时，化为抚慰的宝光闪现，眼前是一整个秋天"。她感受到，"在这样清如水明如镜的秋天，在和美丽异木棉相处的刹那间，我应当是快乐的。文明都会成为过去，而大自然的花儿不用理会文明的升或沉，它们自有它们的生存定律"。

　　国华不这么曲折，也不似苏西表面上的轻松、骨子里的伤感，他是刚健的，因此也是直截的。比如他上来就给异木棉定位："春天如果没有阳光，夏天若没有雨，秋天和冬天没有异木棉，深圳将会是什么样子？"拔得很高。似乎没有了异木棉，深圳就会如同没有了春天的阳光、夏天的雨一样，不堪设想，没有了生命的活力。这话也许有不少人愿意听、愿意信。当然，国华上来这话不是断言，不是论断，而只是作为一介书生、一个小人物面对异木棉的时候跟它对话——我是这么想的，你怎么看？异木棉自然很得意、很愉悦。以此开篇，颇有点魔幻。国华就是喜欢这样，时不时忘记了自己是谁，是人是花，是物是我，是主体还是客体，是形而上还是形而下。

国华的提问是有他的答案的，也可以说是他的角度——"异木棉顶着一头粉色就汹涌而来，遮住了秋天的萧瑟和冬天的阴冷。秋是暖的，冬是暖的"。这"汹涌"二字，境界全出。这"暖"一字，有定乾坤之感。是的，还有什么更好的话、更形象的话，来赞美这美丽之木呢？视觉、听觉（汹涌不是听觉吗？）、触觉、感觉，全有了。"汹涌"状气势和声势，虽不是攻城略地斩关夺隘之刚性扩张，却也如大海波涛之汹涌澎湃，前浪推动后浪之势不可挡。"暖"表其带来的心理感受，这"暖"，与你我生命攸其相关，带着体温，带着与生俱来的爱与祝福，如秋日的暖阳，如冬日的炉火，是可以感知到的活着的感觉。

当然，作者并不满足于这两点。他有新的发现。发现了这异木棉的秘密——为何可以"粉得如此纯粹"？因为"花与叶一定是经过一番讨论的"——这是作者在一本正经地"戏说"吗？

是，又不是。

说是，是因为作者做此拟人化的小说化的想象，来自一种修辞的需要。正如刘亮程写风，写新疆村庄的物事，总是喜欢用这样的口吻、腔调，将物对象化、拟人化一样，王国华在这一点上并无二致，这样就形成了一种人与物之间的对话、商量，一种身段的平等，一种情感的惺惺相惜，一种以我观物、以物观我，如家人围坐，灯火可亲，如话家常，如闲暇唠嗑，有一搭没一搭有一句没一句都没啥，有聊无聊有趣无趣都无妨,人与物,此时才真正如家人,如朋友。

说它不是,这样的说辞,在于通过这种对象化的观照,赋予了这树一种意义,产生与人可理解同情共鸣的通感。凡事必有意义才有生命,才有传承,才上升到文化。异木棉这么粉着、亮着、美着、暖着、爱着,抱着团,有分工,有"共识",似共同保持一种理想、一种精神、一种执念,但又聪明、有规矩、懂规则、能妥协、明事理,什么时候该粉就坚决地粉,什么时候需要退隐、消匿、低调、转移画风,就绝不继续张扬,不再恋战,比如——"它知道自己承担着什么,也晓得四周布满监督的眼睛""天空一旦变冷,绿色就会登台"。

怎样的一种隐喻,再也明白不过了。

说到这里,也许可以总结出王国华草木记的一种特点了,就是总能结合自身的经验、阅历、知识、思想,来给笔下的草木一种照亮,赋予一种寓意,所谓看山不是山,看水不是水,看花不是花。作者总是忍不住发出他的文明批判与社会批判,这一点如同鲁迅,总有他的立场、观点、态度。作者骨子里是个有着批判锋芒的知识者,他的隐忍,他的清高,他的趣味,到底掩饰不了他的本心。"看山还是山,看水还是水",佛家参禅觉悟的第三重境界,对应到国华笔下的草木,如何"看花还是花",是他所不愿追求的。因此可以说,王国华笔下的草木,大都是"寓言"化的草木。

他所写的,大都可以视为一种寓言。

于爱成 1970年10月生,山东人。博士,研究员,文学创作一级。中国作家协会会员、中国文艺评论家协会会员。现任深圳市作家协会副主席、深圳市文艺评论家协会副主席。已出版《深圳,以小说之名》等学术专著4部。获第六届、第九届和第十届广东省鲁迅文学艺术奖。

特 稿

汪树东／诗意栖居与生态理想

诗意栖居与生态理想

◎汪树东

在诗歌《在秀色可餐的蓝天下》中，诗人荷尔德林吟咏道："若生活充满辛劳／可对天仰望，继而说／我也想这样！是的，只要人的／心灵依然亲切、纯洁，／就不愁能与神比肩。／神灵都神秘莫测？／抑或似苍穹袒露？／我更信后者。此乃人的标准。／虽说忙碌不堪，却能诗意地／栖居在这大地上。然而／满天星斗的夜色，／我敢说，不比堪称／神像写照的人纯洁。"这就是诗意栖居的原始出处。荷尔德林天眼洞开，看到了生活的本真状态或说高远理想，诗意栖居意味着超越残缺贫困、功利算计、过度劳累、空虚无聊等状态，人生活在大地之上，有着悠然自得的家园感，有着不受羁绊的超越感，还有意味深长的满足感。诗意栖居的理想经过海德格尔的哲学阐释更是世人皆知，举世推崇，让人恍然领悟生活还存在着这一理想之维。不过，荷尔德林的诗意栖居理想有着鲜明的神性维度，无论他崇拜的是基督教上帝还是古希腊诸神，神性维度始终是荷尔德林考虑人性的终极标准。但是，当我们从生态角度来看，诗意栖居也启发了人的生态理想。那就是人和大自然融为一体，在大自然中获得稳固的家园感，是谦卑地和万物荣辱与共，共同感受着宇宙大生命的浩浩生机。荷尔德林曾在诗歌《致大自然》中吟咏道："当我还在你的面纱旁游戏，／还像花儿依傍在你身旁，／还倾听你每一声心跳，／它将我温柔颤抖的心环绕,／当我还像你一样满怀信仰和渴望,／站在你的图像前,／为我的泪寻找一个场所,／为我的爱寻找一个世界;／／当我的心还向着太阳,／以为阳光听得见它的跃动,／它把星星称作兄弟,／把春天当作神的旋律;／当小树林里气息浮动,／你的灵魂,你欢乐的灵魂,／在寂静的心之波里摇荡,／那时金色的日子将我怀抱。"荷尔德林能够在大自然中寻找到在家感,这就是生态意义上的诗意栖居。无论是梭罗在瓦尔登湖畔隐居,还是海德格尔在黑森林中追寻哲学大道,都是生态维度上的诗意栖居。

当我们回顾华夏文化传统时,诗意栖居更是延续了几千年的文人理想。老子的小国寡民、庄子的至德之世、陶渊明的桃花源理想,都是诗意栖居理想的美好表达。司空图的《诗品》虽说是对诗歌风格的美学描述,但是若从生态视角看,其中大部分内容表达的还是一种诗意栖居的生态理想:

素处以默,妙机其微。饮之太和,独鹤与飞。犹之惠风,荏苒在衣。阅音修篁,美曰载归。遇之匪深,即之愈稀。脱有形似,握手已违。(《冲淡》)

采采流水,蓬蓬远春。窈窕深谷,时见美人。碧桃满树,风日水滨。柳阴路曲,流莺比邻。乘之愈往,识之愈真。如将不尽,与古为新。(《纤秾》)

绿杉野屋,落日气清。脱巾独步,时闻鸟声。鸿雁不来,之子远行。所思不远,若为平生。海风碧云,夜渚月明。如有佳语,大河前横。(《沉着》)

司空图笔下,大自然生机勃勃,触处皆美,无论是高翔天际的孤鹤,还是花开满树的碧桃,抑或是默默流淌的大河,都是宇宙生机的鲜活展示。而人在大自然中，不是高高在上的孤独主体，也不是卑微若尘的渺小生命，而是与大自然融合一起、同一脉动的生态存在。人在这种天人合一式的诗意栖居中，才能真正地体验到"美曰载归"的归家感，体验到"如将不尽，与古为新"的超越感，体验到"大河前横"式的自由感、自在感。古典诗人，尤其是那些山水田园诗人都能够和司空图一样描绘诗意栖居的生活之美。例如孟浩然的《过故人庄》："故人具鸡黍，邀我至田家。绿树村边合，青山郭外斜。开轩面场圃，把酒话桑麻。待到重阳日，还来就菊花。"品读该诗，我们可知古典诗人的生活多么令人神往。那时人与人之间的距离较近，要拜访的都是乡村的熟人、故人；而不像当今都市里，到处是漠不关心的陌生人。那时人生活在乡村，出门就是绿树、青山，大自然无处不在；而不像当今都市里，出门就是川流不息的车流、人流，大自然杳不可见。那时人的生活节奏慢，故人来访，可以一起好好地谈谈庄稼之事，不像当今都市人工作生活节奏都快，人与人之间难得有敞开心扉畅谈的时机。那时人还生活在农业的节奏中，对下一个节日的期望让生活变得山高水长，意味悠远；不像当今都市人被工商业的节奏催促着，节日被异化成另一种疯狂的消费。要说诗意栖居，孟浩然《过故人庄》所展示的生活就是诗意栖居，人与人、人与大自然和谐相处，生活中流淌着大自然缓慢和自得的节律，悠悠然，怡怡然。

当代生态文学延续着华夏文化的天人合一传统，对诗意栖居的理想也多有描述。生态作家满怀激情地抒发融入野地的生态迷狂，或冷静超然地展示边地乡村的诗意人生，或对游牧民族的生态栖居理想探幽发微，五彩缤纷，令人神往。当然，诗意栖居并不意味着人彻底地放弃文化返回自然，说到底，诗意栖居还是文化的产物，是文化和自然在更高层面上的合一，就像生态文明是原始的自然文明在更高层面的复归一样。

一、融入野地的生态迷狂

　　张炜关于诗意栖居的生态理想在长篇小说《九月寓言》中有着非常具有艺术感染力的描述。该小说开篇就写道："谁见过这样一片荒野？疯长的茅草葛藤绞扭在灌木棵上，风一吹，落地日头一烤，像燃起腾腾的火。满泊野物吱吱唰唰奔来奔去，青生生的浆果气味刺鼻。兔子、草獾、刺猬、鼹鼠……唰唰奔来奔去。"张炜笔下的大自然与陶渊明诗歌中的桃花源、沈从文《边城》中的湘西世界中大自然的气象颇不相同，陶渊明、沈从文等人总是描绘那种单纯清秀、质朴淡雅、秀丽明媚的自然景象，而张炜笔下的自然气象往往是重浊、浑厚、繁杂，但又生机勃勃、野性十足。与之相应的是，张炜笔下的人物也是重浊、浑厚，但又生机勃勃、野性十足的。这种人与大自然的和谐与融合是《九月寓言》中的生态意识非常鲜明的体现。小村中三宝之一，美丽的少女赶鹦就是大自然化育的精灵，她那随时奔跑的情态，喷射不息的热情，就像一匹宝驹，集中了自然的所有精粹，光华熠熠。小说常常描写小村年轻人月夜里到野地上四处游荡，嬉戏玩耍，"就在一道自然形成的大沙岗的漫坡上，在夏季的最后一天，火一样的千层菊会同时开放。这是一只神奇的大手播下的种子啊。千奇百怪的动物在花地里狂欢、嘶叫、奔跑，互不伤害地咬架。它们的鸣唱使云彩变得彤红，使天空的太阳微微颤抖。从早到晚，皓月当空，动物们在花地上狂欢。这样直至第二天凌晨，它们才敛声息气，隐到树丛后面。这会儿疯长的茅草把一切都遮掩得严严实实。月光如水，浇泼着这漫坡草地，让你听得见咝咝的渗水声。他们伫立在沙岗上遥望。荒滩上的一切都在这会儿获得了生命，活得恣意昂然。"在此，人是作为大自然中的一员，与万物平等相处，共享生命的和平与幸福。

其实，小村人与大自然就是处于一种水乳不分的生态境界。从局部看，小村似乎充满了生存的苦难，例如金祥背鏊的艰辛，少白头龙眼的忧愁，肥的母亲被红薯噎死的悲怆，龙眼妈和憨人妈的辛酸，甚至还有生存的邪恶。但是从整体上看，尤其是所有人事被放置于那果实累累、收获丰富的秋天背景上时，我们又似乎更能感受到那种压抑不住的、弥漫不息的生命欢乐，仿佛这些人是植根于大地的一样，仿佛大地自身借助这些生命意志在庆祝自身的丰盈和高亢一样。这正如张新颖在《大地守夜人——张炜论》中所说的："《九月寓言》造天地境界，它写的是一个与外界隔绝的小村，小村人的苦难像日子一样久远绵长，而且也不乏残暴与血腥，然而所有这一切因在天地境界之中而显现出更高层次的存在形态，人间的浊气被天地吸纳、消融，人不再局促于人间而存活于天地之间，得天地之精气与自然之清明，时空顿然开阔无边，万物生生不息，活力长存。"值得注意的是，所谓的天地境界的核心特征就是人被大自然所融化，自我消融，永恒的宇宙大生命奔涌不绝。

王安忆曾说："《九月寓言》是一个奔跑的世界，奔跑就有了生命，停下则是死亡。"从某个侧面看，小村世界的确如此，小村原来就是奔跑的结果，是从外地迁徙而来，在此停下后，那些还具有十足的奔跑欲望，并四处游荡的年轻人和光棍汉往往是小村最有光彩的生命，而那些已经丧失奔跑欲望安然停下的小村人往往就会繁衍邪恶，例如大脚肥肩从外地到小村定居后就肆无忌惮起来。很有意思的是，小村人被外村人鄙视，视为"挺鲅"，那是一种有剧毒的鱼，而"挺鲅"就是"停吧"的谐音。这也意味着这些人一旦停下后就会问题丛生。为何如此？其实，奔跑就是流浪，停下就是定居，流浪者是在荒野中流浪，与广大的野地血脉相连，与大自然的相契甚深，这才保证了人的生命的灵性十足。而一旦定居，人就慢慢地与野地血脉失散，被自身的欲望所主宰，生活就会被残忍腐蚀。小说中金祥忆苦讲述的那个关于黑孩和母猴变的女娃的故事也暗示了奔跑与停下的生命真谛。黑孩原来在野地中流浪，与母猴变的女娃（野地的精灵）相爱。但当黑孩定居下来变成地主后，就嫌弃它，甚至将它置之死地。这就暗示了人的欲望在定居下来后蓬勃了起来，无法遏制，失去了与大自然的亲密联系，母猴之死就是停下来的人对大自然的肆意掠夺的象征。

此外，该小说浓墨重彩地描写的闪婆与露筋之恋就是野地最美的馈赠，也是对奔跑和停下的书写。露筋是小村中最有神奇色彩的人物，他拒绝停下来，无所事事地四处漫游，"有谁将一辈子最甜蜜的日月交给无边无际的田野？那时早晨在铺着白沙的沟壑里醒来，说不定夜晚在黑苍苍的柳树林子过。日月星辰见过他们幸福交欢，树木生灵目睹他们亲亲热热。泥土的腥气给了两个肉体勃勃生机，他们在山坡上搂抱滚动，一直滚到河岸，又落进堤下的茅草里。雷声隆隆，他们并不躲闪，在瓢泼大雨中东跑西颠，哈哈大笑。"当露筋和闪婆不停地在野地里流浪，与大自然水乳交融时，他们成就了生命的华彩，但是当他们不再奔跑停下时，他们的生命火焰也就瞬间暗淡下去。郜元宝曾说："张炜心许的人物，几乎都很喜欢返回到真正的自然中，大口呼吸自然的空气，这种空气在城市里已经日益稀薄而且变得极其肮脏。他们总是渴望冲出城市的海洋，在远离人群远离社会的荒原野地守望人类生存最后的家园，看护被喧哗的人间事所动摇所忘失的灵性之根——人和自然以及大地本源的亲近与和谐。"的确，《九月寓言》中的那些小村人物就是处于和大地本源的亲近与和谐中。

因此，张炜认识到小村人若要保持生命的光彩就必须不停地奔跑，也就是逃离城市，融入野地。"城市是一片被肆意修饰过的野地，我最终将告别它。我想寻找一个原来，一个真实。这纯稚的想念如同一首热烈的歌谣，在那儿引诱我。市声如潮，淹没了一切，我想浮出来看一眼原野、山峦，看一眼丛林、青纱帐。我寻找了，看到了，挽回的只是没完没了的默想。辽阔的大地，大地边缘是海洋。无数的生命在腾跃、繁衍生长，升起的太阳一次次把它们照亮……"返回生机勃勃的野地，返回生命繁盛的大自然，就是返回故乡，返回家园，寻找到生命的生态根源。"只有在真正的野地里，人可以漠视平凡，发现舞蹈的仙鹤。泥土滋生一切；在那儿，人将得到所需要的全部，特别是百求不得的那个安慰。野地是万物的母亲，她子孙满堂却不会衰老。她的乳汁汇流成河，涌入海洋，滋润了万千生灵。"这种生态意识把生命带向了全新境界。

然而，野地正受到现代工业文明的巨大威胁。《九月寓言》中，秃脑工程师、语言学家等被现代化意识形态武装起来的现代人已经到了小村旁，他们在小村地底下开采煤矿，结果让小村陷入没顶之灾，房屋倒塌，良田被毁，野地侵蚀，小村人不得不再次迁徙，踏上流浪之途。当小村姑娘回家后只能看到满目疮痍的野地荒村时，现代文明造成的生态破坏的残酷性就显露无遗了。张炜曾说："人类在19世纪和20世纪所做过的最愚蠢的事情，就是追求物质的欲望不可遏制，一再地毁坏大地。更不可饶恕的是毁坏世道人心。单纯地发展经济、一味地追求经济增长的思想，是这个世界上最愚蠢的思想。这是人类最没有出息的表现。我们爱土地，是爱生长的基础。也是爱一个健康的世界。被商业扩张的触角缠住了的世界，很快就会被硝烟熏黑。"的确，从《九月寓言》看来，海边小村被现代工业文明摧毁，再次验证了这个道理。不过，张炜似乎对融入野地的生态理想并不悲观绝望。《九月寓言》结尾处写道："无边的绿蔓呼呼地燃烧起来。大地成了一片火海。一匹健壮的宝驹甩动鬃毛，声声嘶鸣，尥起长腿在火海里奔驰。它的毛色与大火的颜色一样，与早晨的太阳也一样。'天哩，一个……精灵！'"健壮宝驹在大地上跃动，象征着野地的精神不死，前现代的农业文明会在后现代科技的基础上获得新生。

不过，需要注意的是，融入野地，并不是简单地回归土地，再次被大地束缚，而是具有精神成熟的人再次调校人生的方向，把生态维度纳入其中。正如美学家、批评家邓晓芒说的："所以，尽管我们今天仍然要捍卫土地，因为我们今天绝大部分生活还离不开土地，背叛土地也就意味着自杀；但我仍然认为，我们时代的时代精神不是守着土地，而是千千万万的人摆脱土地的束缚，向城市、向大海、向天空寻求更广阔的生路，甚至就连对土地的捍卫，也只有走上这条开阔的生路才能做得到。土地本身自然而然就净化自己、保卫自己、平衡自己的时代已经一去不返了，她像一个年老的母亲，不但不能放心依靠，而且还要细心照料了。没有这样一种视野，张炜的一切道德理想都不过是纸扎的楼阁。"因此，融入野地的诗意栖居，应该是精神成熟、心胸开阔的人主动把生态维度纳入生命之中，节制欲望，尊重土地，发现自然之美，守护自然生态的完整性。

二、边地乡村的诗意栖居

老子曾经畅想过他的理想国："小国寡民。使有什伯之器而不用；使民重死而不远徙；虽有舟舆，无所乘之；虽有甲兵，无所陈之。使民复结绳而用之。至治之极。甘其食，美其服，安其居，乐其俗，邻国相望，鸡犬之声相闻，民至老死不相往来。"这无疑是典型的前现代乡村生活，也是老子诗意栖居的理想。老子的这种理想长久以来被视为落后的典型，尤其是20世纪以来现代化大潮席卷华夏大地，国人更是对这种小国寡民的乡村生活嗤之以鼻。在启蒙主义者看来，这种前现代的乡村生活封闭沉闷，因循守旧，是国民性弱点的滋生地，是社会悲剧的发源处。但是对于刘亮程而言，老子诗意栖居的理想却是阳光明媚、沁人肺腑的，是他的精神远祖，他在散文集《一个人的村庄》中就充分地展示了老子式的边地乡村的诗意栖居。他在散文集中极具诗意地描绘了新疆北疆戈壁滩边沿一个名叫黄沙梁的小村庄的外貌和灵魂。这是一个被现代化的时代大潮远远地抛在脑后的寂寂无闻的小村庄，"这个村庄隐没在国家的版图中，没有名字，没有经纬度。历代统治者他的疆土上有黄沙梁这个村子。这是一村被遗漏的人。他们与外面世界彼此无知，这不怪他们。那些我没去过的地方没读过的书没机会认识的人，都在各自的局限中，不能被我了解，这是不足以遗憾的。我有一村庄，已经足够了。当这个村庄局限我的一生时，小小的地球正在局限着整个人类。"老子曾说："道隐无名。"刘亮程的黄沙梁村恰恰是无名的，被国家遗忘，被世界大潮遗漏，但是这种无名并不妨碍它与道同在。刘亮程真正关注的也不是黄沙梁村如何局限"我"的一生，而是"我"如何在此村庄中诗意栖居的。

首先需要注意的是，诗意栖居，并不仅仅是生存的社会环境问题，或自然环境问题，最关键的还是人的生存态度问题。对于那些为功利奔忙、焦心苦思的现代人来说，即使让他们置身于桃红柳绿、鸢飞鱼跃的桃花源里，他们也无法做到诗意栖居，他们内心的黑暗反而爆发出来，摧毁掉桃花源的优美与和谐。诗意栖居，最需要的是优游自若的审美态度，是泰然任之的自在精神，是从名缰利锁中解放出来的超然心境，是能够与物为春、与道同体的生态境界。刘亮程在《一个人的村庄》中描绘的诗意栖居就是建筑在这种自由自在的生存态度上的，即"闲人"的生存态度。《一个人的村庄》中的叙述者就是一个闲人，他是黄沙梁村中的一员，也是农民，但是这个农民和一般的农民不一样。他不会像别的农民那样功利、实在，唯物质利益是求，或特别爱慕虚荣，喜欢面子，或者整体羡慕城里人的富裕和光鲜，他就像陶渊明一样繁华落尽见真淳，早已饱经世事，但淳朴之心仍在，能够以一种"采菊东篱下，悠然见南山"式的审美心境看待边地乡村的一切。

刘亮程在《逃跑的马》中写道："我没有太要紧的事，不需要快马加鞭去办理。牛和驴的性情刚好适合我——慢悠悠的。那时要紧的事远未来到我的一生里,我也不着急。要去的地方永远不动地待在那里,不会因为我晚到几天或几年而消失。要做的事情早几天晚几天去做都一回事,甚至不做也没什么。我还处在人生的闲散时期,许多事情还没迫在眉睫。也许有些活我晚到几步被别人干掉了,正好省得我动手。有些东西我迟来一会儿便不属于我了,我也不在乎。许多年之后你再看,骑快马飞奔的人和坐在牛背上慢悠悠赶路的人,一样老态龙钟回到村庄里,他们衰老的速度是一样的。时间才不管谁跑得多快多慢呢。"现代文明追求的是快节奏、高效率,但是对于诗意栖居而言,快节奏、高效率几乎是致命的,一切诗意都像大自然一样缓慢、悠然,就一株树的生长一样。快节奏、高效率往往只能带来快感,但无法让人获得诗意的欢乐。快节奏、高效率使人只能关注外物的功能,而无法对外物的实体做审美的抚摸。因此诗意栖居必然是一种慢节奏、低效率的生活,是心灵能够从容地和万物游戏的生活。刘亮程对那种大众奔趋的现代文明嗤之以鼻:"反正,我没骑马奔跑过,我保持着自己的速度。一些年人们一窝蜂朝某个地方飞奔,我远远地落在后面,像是被遗弃。另一些年月人们回过头,朝相反的方向奔跑,我仍旧慢慢悠悠,远远地走在他们前头。我就是这样一个人。我不骑马。"慢慢悠悠,这就是《一个人的村庄》中的审美姿态。没有这个审美姿态,《一个人的村庄》就是无法想象的,所有诗意就无法斐然成章。

　　从生态角度看,诗意栖居无疑包含着与其他自然生命的深度共生关系。在《通驴性的人》中,刘亮程写道:"我的生活容下了一头驴、一条狗、一群杂花土鸡、几只咩咩叫的长胡子山羊,还有我漂亮可爱的妻子儿女。我们围起一个大院子、一个家。这个家里还会有更多生命来临:树上鸟、檐下燕子、冬夜悄然来访的野兔……我的生命肢解成这许许多多的动物。从每个动物身上我找到一点自己。渐渐地我变得很轻很轻,我不存在了,眼里唯有这一群动物。当它们分散到四处,我身上的某些部位也随它们去了。"这里的"我"不是存在主义式的孤独主体,而是与其他自然生命充分融合共生的多元主体;当"我"不存在时,生态的我才能存在,个体生命就这样被自然生命的洪流收纳融合了,就像一滴水回到江河、大海,从而安然无恙,自在自得。刘亮程不但认同于他人、动物,他还把这种认同扩展到一切自然生命那里,正如他在《剩下的事情·风把人刮歪》中所说:"也许我们周围的许多东西,都是我们生活的一部分,生命的一部分,关键时刻挽留住我们。一株草,一棵树,一片云,一只小虫……它们替匆忙的我们在土中扎根,在空中驻足,在风中浅唱……任何一株草的死亡都是人的死亡。任何一棵树的夭折都是人的夭折。任何一只虫的鸣叫也是人的鸣叫。"的确,生态整体观相信所有生命都是普遍联系的,日月星光、山川大地、江河湖海和植物、动物、人共同构成精密的生态系统,人只有超越狭隘的族类自我认同,像刘亮程一样意识到任何一株草的死亡都是人的死亡,才能真正获得大解脱、大自在。

其次,诗意栖居也包含着对各色自然生命的平等观照。刘亮程能够颠覆人类中心主义的等级观,平等地对待所有自然生命。他充分体谅一头驴的生存境遇和脾性,和老鼠共享丰收的喜悦,与狗共同守护着村庄的静谧,分享墙脚下蚂蚁的智慧。更多的时候,刘亮程还能够从其他自然生命的角度来审视人类自身,从而发现自然生命的独特之美。《通驴性的人》就写驴的生殖器比男人的生殖器大,"和驴一比,我却彻底自卑了。在驴面前我简直像个未成年的孩子。我们穿衣穿裤,掩饰身体隐秘的行为被说成文明。其实是我们的东西小得可怜,根本拿不出来。身旁一头驴就把我比翻了。瞧它活得多洒脱,一丝不挂。人穿衣乃遮羞掩丑。驴无丑可遮。它的每个部位都是最优秀的。它没有阴部。它的精美的不用穿鞋套袜的蹄子;浑圆的脊背和尻蛋子;尤其两腿间粗大结实、伸缩自如的那一截子，黑而不脏，放荡却不下流。"这一段话豁达幽默、洒脱自然，对人的自以为是、骄傲自得也是绝妙的嘲讽。

在《与虫共眠》中，刘亮程还站在小虫子的立场上来想象人类，"我在草中睡着时，我的身体成了众多小虫子的温暖巢穴。那些形态各异的卑小动物，从我的袖口、领口和裤腿钻进去，在我身上爬来爬去，不时地咬两口，把它们的小肚子灌得红红鼓鼓的。吃饱玩够了，便找一个隐秘处酣然而睡——我身体上发生的这些事我一点也不知道……若不是瘙痒得难受我不会脱了裤子捉它们出来。对这些小虫来说，我的身体是一片多么辽阔的田野，就像我此刻趴在大地的某个角落，大地却不会因瘙痒和难受把我捉起来扔掉。大地是沉睡的，它多么宽容。在大地的怀抱中我比虫子大不了多少。"面对咬人的小虫子，刘亮程首先想到不是拍死它们，逃离它们，而是耐心地观察它们，欣赏它们，更从小虫子的立场来观察自己，再从大地的角度来审视所有生命，这样一来小虫子和人就获得平等的生态地位。刘亮程的这种察物方式，和庄子的齐物论具有异曲同工之妙，妙趣解颐，令人豁然开朗。

若要诗意栖居，生态同情是必须具备的情怀，没有生态同情，人的情感就会枯寂，自然生命的脉脉波动就无法源源不断地流入个人生命中。刘亮程的生态同情是相当普遍的。在《剩下的事情·对一朵花微笑》中，刘亮程写道："我一回头，身后的草全开花了。一大片。好像谁说了一个笑话，把一摊草惹笑了。我正躺在土坡上想事情。是否我想的事情——一个人头脑的奇怪想法让草觉得好笑，在微风中笑得前仰后合。有的哈哈大笑，有的半掩芳唇，忍俊不禁。靠近我身边的两朵，一朵面朝我，张开薄薄的粉红花瓣，似有吟吟笑声入耳。另一朵则扭头掩面，仍不能遮住笑颜。我禁不住也笑了起来。先是微笑，继而哈哈大笑。"这不是简单的移情结果，而是刘亮程领悟到所有生命之间的生态关联后对生命间的共感存在的诗意表述。在《剩下的事情·老鼠应该有一个好收成》中，刘亮程说，麦子丰收时，老鼠也来收获，"这些匆忙的抢收者，让人感到丰收和喜悦不仅仅是人的，也是万物的。我们喜庆的日子，如果一只老鼠在哭泣，一只鸟在伤心流泪，我们的欢乐将是多么的孤独和尴尬。在我们周围，另一种动物，也在为这片麦子的丰收而欢庆，我们听不见它们的笑声，但能感觉到"。人丰收的欢乐要与老鼠分享，与鸟分享，这是多么动人的生态情怀啊！刘亮程能够在黄沙梁那个小村庄里诗意栖居，关键在于他能够与自然万物情感相通，与物为春，接通了天地诗意的源头。

当然，诗意栖居也需要优美的自然生态，若置身黄沙漫天、水贵如油、没有树也没有鸢飞鱼跃的恶劣环境，即使再说什么超然物外、诗意栖居，也终究是自欺欺人。无论是王羲之的《兰亭集序》还是陶渊明的《桃花源记》里，诗意栖居都是与碧水蓝天、落英缤纷的优美自然联系在一起。《一个人的村庄》中的黄沙梁虽然是戈壁滩边上的小村庄，与江南水乡的自然生态难以比拟，但自然之美还是比比皆是。《村东头的人和村西头的人》中，刘亮程写道："住在村东头的人，被早晨的第一缕阳光照醒。这是一天的头一茬阳光，鲜嫩、洁净，充满生机。做早饭的女人，收拾农具的男人，沐浴在一片曙光中，这顿鲜美的'阳光早餐'不是哪个地方的人都能随意享受。阳光对于人的喂养就像草对于牲畜。光线的质量直接决定着人的内心及前途的光亮程度。而当阳光漫过一个房顶又一个房顶到达村西头，光线中已沾染了太多的烟尘、人声和鸡鸣狗叫，变为世俗的东西。"阳光哪里都有，但是像刘亮程笔下那样鲜嫩、洁净、充满生机的阳光却不多见，尤其是对于身居都市里的人而言，就更是恍如天外之物。诗意栖居需要树，需要鸟，需要蓝天白云，没有大自然的生机盎然，诗意栖居就是水月镜花。因此刘亮程在《春天的步调》中写道："每年春天，让我早早走出村子的，也许就是那几棵孤零零的大榆树、洼地里的片片绿草，还有划过头顶的一声声鸟叫——

鸟儿们从一棵树，飞向远远的另一棵。飞累了，落到地上喘口气……如果没有了它们，我会一年四季待在屋子里，四面墙壁，把门和窗户封死。我会不喜欢周围的每一个人。恨我自己。在这个村庄里，人可以再少几个，再走掉一些。那些树却不能再少了。那些鸟叫与虫鸣再不能没有。"是啊，若没有树，没有鸟，没有虫鸣，戈壁滩边的小村庄怎么能够安居呢？

诗意栖居也意味着人居住在某地具有一种稳定的家园感。荷尔德林曾说诗人的天职就是返乡。的确，对于流浪者而言，诗意栖居无法实现，随处皆是的陌生感自然可以提供一时的新鲜感，但是无法提供安全感、家园感。因此，诗人需要返乡，返本归根。刘亮程能够在黄沙梁村实现诗意栖居的生态理想，关键还在于他在黄沙梁村有一种家园感。在《剩下的事情·住多久才算是家》中，刘亮程写道："在一个村庄活久了，就会感到时间在你身上慢了下来。而在其他事物身上飞快地流逝着。这说明，你已经跟一个地方的时光混熟了。水土、阳光和空气都熟悉了你，知道你是个老实安分的人，多活几十年也没多大害处。不像有些人，有些东西，满世界乱跑，让光阴满世界追他们。可能有时他们也偶尔躲过时间，活得年轻而滋润。光阴一旦追上他们就会狠狠报复一顿，一下从他们身上减去几十岁。事实证明，许多离开村庄去跑世界的人，最终都没有跑回来，死在外面了。他们没有赶回来的时间。"在一个地方居住，需要长久的时间，需要生命的细细品味，才能把陌生地方变成家园，才能让那个地方的水土、阳光和空气都熟悉你。从生态角度看，诗意栖居意味着你的生命已经充分地融入了当地的生态系统，否则你就是无家可归的外来者。

刘亮程把生命之根深深扎入黄沙梁村，与自然万物的生命深深地交融一处，营造出天人合一式的诗意栖居之所。黄沙梁村没有局限他的生活和视野，因为他能够与道同在，达到万物一体的生态境界。在《冯四》一文中,刘亮程写道:"而一村庄人的一生结束后,一个完整的时代便过去了。除了村外新添的那片坟墓,年复一年提示着一段历史;几头老牲口,带着先人使唤时养就的毛病,遭后人鞭骂时依稀浮想昔年盛景。在活着的人眼中,一个村庄的一百年,无非是草木枯荣一百次、地耕翻一百次、庄稼收获一百次这样简单。其实人的一生也像一株庄稼,熟透了也就死了。一代又一代的人的一生熟透在时间里,浩浩荡荡,无边无际。谁是最后的收获者呢?谁目睹了生命的大荒芜——这个孤独的收获者,在时间深处的无边金黄中,农夫一样,挥舞着镰刀。"从宇宙大生命的视野来看,所有个体生命都只是无边大海的一朵浪花,浪花终究要返回大海,唯有大海映照着日月,趋于永恒。

三、游猎民族的诗意栖居

相对于农耕民族而言,游牧民族和游猎民族与大自然之间的关系更为亲密,他们的宗教文化中必定具有相当浓郁的生态意识,他们必须小心翼翼地与草原、森林打交道,一旦行为出格,粗暴狂野,草原就会退化,森林就会覆灭,生态危机就会不可挽回,他们就会丧失家园,背井离乡。因此,对于游牧民族和游猎民族而言,诗意栖居就是在生态意识指导下的生活,就是尊重大自然、保护自然生态、与自然融为一体的生活。

当代生态文学中,对游猎民族的诗意栖居做过出色描述的是迟子建的长篇小说《额尔古纳河右岸》。该小说以鄂温克族最后一个酋长——一个年届九旬的女人为第一人称叙述者,选择了较为宏大的历史视角,丰富多彩地展示了游猎于东北大兴安岭森林里的鄂温克人近百年多灾多难又诗意斐然的民族史,他们在森林里和俄罗斯商人做生意,受到日本人的强迫去当兵,此后又遇到对大兴安岭毁灭式的砍伐,最终这个弱小的游猎民族无法抵御现代化大潮的冲击，森林被毁，传统生活方式无法继续，不得不到山下去过定居生活，但是他们又无法适应定居生活，于是悲剧层出不穷。

若站在现代文明的强力立场上，人们自然可以轻而易举指出像鄂温克人这样的弱小民族的生活方式是落后的，游猎生活是没有出路的，因此下山定居，主动进入现代文明之中，才是睿智的抉择。但是如果我们能够跳出现代文明的线性发展观，以多元文化论来看待鄂温克人的生活方式和传统文化，我们不得不承认，他们的生活方式和传统文化同样是非常有意思的，值得尊重的，甚至对于现代人而言，具有补偏救弊的启示意义。尤其值得一提的，是鄂温克人的生活非常富有生态意识，他们能够与大自然和谐相处，实现了令人敬仰的诗意栖居。

迟子建在《额尔古纳河右岸》中以诗意的笔触描绘了鄂温克人诗意栖居的自然生态环境。鄂温克人有个传说："勒拿河是一条蓝色的河流，传说它宽阔得连啄木鸟都不能飞过去。在勒拿河的上游，有一个拉穆湖，也就是贝加尔湖。有八条大河注入湖中，湖水也是碧蓝的。拉穆湖中生长着许多碧绿的水草，太阳离湖水很近，湖面上终年漂浮着阳光，以及粉的和白的荷花。拉穆湖周围，是挺拔的高山，我们的祖先，一个梳着长辫子的鄂温克人，就居住在那里。"鄂温克人相信他们的发源地就是贝加尔湖周围的高山，在他们的想象中，发源地的大自然极为优美，对大自然的亲密感洋溢在这种传说中。至于他们后人辗转来到额尔古纳右岸的大兴安岭，那里是高寒地带，森林茂密，冬天白雪茫茫，天地洁净，夏天百草丰茂，林木森森，物产丰富，更是游猎民族的理想栖居之地。小说叙述者曾说："如果把我们生活着的额尔古纳河右岸比喻为一个顶天立地的巨人的话，那么那些大大小小的河流就是巨人身上纵横交织的血管，而它的骨骼，就是由众多的山峦构成的。那些山属于大兴安岭山脉。我这一生见过多少座山，已经记不得了。在我眼中，额尔古纳河右岸的每一座山,都是闪烁在大地上的一颗星星。这些星星在春夏季节是绿色的,秋天是金黄色的,而到了冬天则是银白色的。我爱它们。它们跟人一样,也有自己的性格和体态。有的山矮小而圆润,像是一个个倒扣着的瓦盆;有的山挺拔而清秀地连绵在一起,看上去就像驯鹿伸出的美丽犄角。山上的树,在我眼中就是一团连着一团的血肉。"也许对于那些森林工人而言,大兴安岭只不过意味着木材而已;对于那些旅游者而言,大兴安岭则是供人玩味的风景。但是在鄂温克族人看来,额尔古纳河、大兴安岭甚至山上的树都是有生命的,都是需要人尊重、亲近、融入的,是他们的生命之根,是他们的家园,是他们要以生命来爱的。正是有了如此美好的自然生态环境,鄂温克人的诗意栖居才具有一定的物质条件。

　　游猎民族对待动物,无论是家养动物还是野生动物,都非常具有生态意识。他们爱护动物,尊重动物,与动物共生共荣,即使为了生存不得不猎杀动物,也仅仅是猎杀必需的,并不会滥捕滥杀,也尽可能减少给动物不必要的痛苦。例如小说写到鄂温克人最为依赖的驯鹿:"我从来没有见过哪种动物会像驯鹿这样性情温驯而富有耐力,它们虽然个头大,但非常灵活……除了吃苔藓和石蕊外,春季它们也吃青草、草间荆以及白头翁等。夏季呢,它们也啃桦树和柳树的叶子。到了秋天,鲜美的林间蘑菇是它们最爱吃的东西。它们吃东西很爱惜,它们从草地走过,是一边行走一边轻轻啃着青草的,所以那草地总是毫发未损的样子,该绿还是绿的。它们吃桦树和柳树的叶子,也是啃几口就离开,那树依然枝叶茂盛。"驯鹿和森林形成良好的生态共生关系,人和驯鹿也形成良好的生态共生关系,鄂温克人亲近驯鹿,尊重驯鹿,体现了人和动物良好的生态情谊。

　　虽然鄂温克人是游猎民族,适当地猎杀野生动物理所当然,但是在《额尔古纳河右岸》中,还曾屡次出现相关情节讲述鄂温克人狩猎时放弃对野生动物的猎杀，体现了难能可贵的尊重生命的生态意识。例如小说曾写到鄂温克人常常捕杀水狗（即水獭）："那是我和拉吉达在一起后的第三年春天，我们发现了四只还没睁开眼睛的水狗幼仔。拉吉达说，水狗仔睁眼睛很慢，大约出生后一个月才睁开眼睛呢。我们知道它们的妈妈就在附近，所以没动小水狗。傍晚时，大水狗从河水中游回洞穴，当它露出光亮的头、拉吉达要对它下手的时候，被我制止了。我想那四只小水狗还没有见过妈妈，如果它们睁开眼睛，看到的仅仅是山峦、河流和追逐着它们的猎人，一定会伤心的。我们放过了它们。之后不久，三年中一直没有怀孕的我，肚腹中有了新生命的气象，这使依芙琳看待我和拉吉达的目光发生了改变。"游猎者能够考虑到小水狗没有见过妈妈，就放弃了捕杀大水狗，就是一种难能可贵的惜生意识。更为神奇的是，当"我"和拉吉达没有捕杀这窝水狗，不久之后"我"就怀孕了，好像对动物的惜生护生意识能够直接影响到人的生命福祉。此外，该小说还写族人要下山定居前曾去打猎，看到两只灰鹤，"当玛克辛姆要朝它们开枪的时候，被西班阻止了。西班说他们就要下山了，得把这些灰鹤留给我和安草儿，不然我们眼中看不到最美的飞禽，眼睛会难受的。只有我的西班才会说出这样心疼人的话啊"。看到灰鹤，没有猎杀，反而想到的是若在森林中看不到它，人的眼睛会难受，这是多么动人的生态情怀！鄂温克人在猎杀熊后，还会让萨满专门为熊做风葬仪式，唱一首独特的祭熊歌："熊祖母啊，/ 你倒下了，/ 就美美地睡吧！吃你的肉的，/ 是那些黑色的乌鸦。/ 我们把你的眼睛，/ 虔诚地放在树间，/ 就像摆放一盏神灯！"鄂温克人不愿意直接承认是自己吃了熊，反而对熊说是乌鸦吃了它，这无疑是对熊的敬畏之情。一旦有了这种敬畏之情，鄂温克人肯定不会肆无忌惮地猎杀熊。更为神秘的是，鄂温克人相信人和动物是平等的，在本质上是相通的，在适当时机还可以互相转换。例如在依芙琳想投河自尽时，"我"的已经去世的母亲达玛拉就化身为水蛇去劝说她不要自杀；伊万在一次狩猎中曾放过一对白狐，结果后来伊万死时，这对白狐化身为两个穿着素白衣服的俊俏姑娘为伊万送葬。人与动物之间的这种亲密关系，使得鄂温克人的诗意栖居颇富野性色彩。

游猎民族的诗意栖居还与他们的财产观念有关。像汉族这样的农耕民族很早就开始定居了，并伴随着家庭制、家族制茁壮成长。这种定居生活很自然地倾向于尽可能多地积聚财产，人们往往把金钱和财物视为自由与安全最根本的保障，并通过财产来建构他人眼中的自我。但是像鄂温克人这样的游猎民族，更倾向于财产公有制，狩猎所得的猎物大家共同分享，而且因为是游猎，不适合积聚过多的财物。对于他们而言，过多的财物往往意味着不自由。他们也不会通过财产来建构自我，他们尊重男人也许是因为他狩猎技艺高超，尊重女人也许是因为她的编织技艺高超。该小说曾写到鄂温克人每个乌力楞都会在山中建"靠老宝"，少则两三个，多则四五个，搬迁时就把平时闲置和富余的东西放在里面，从不上锁，外来者路过，如果急需也可以自取。

鄂温克人的生活随性，活着时自由快乐，对死亡也没有特别的恐惧之情，而视之为返归自然。例如他们举行风葬，"那个时候死去的人，都是风葬的。选择四棵挺直相对的大树，将木杆横在树枝上，做成一个四方的平面，然后将人的尸体头朝北脚朝南地放在上面，再覆盖上树枝。尼都萨满是从夜晚的星星中看出达西要离开我们的。他在深夜时看见有一颗流星从我们营地划过，从那阵阵狼嗥中，他知道要走的人一定是达西，于是清晨起来，就为达西选择了风葬之地"。当然也有针对婴幼儿的土葬。这样的风葬和土葬，多么符合生态规律！人来自自然，也返归自然，没有任何要抵御自然，或者凌驾于自然之上的企图。这与庄子达观自然的态度如出一辙，鄂温克人对待死亡的生态做法令人尊敬。

当然，鄂温克人的诗意栖居还与他们信奉萨满教有关。萨满教相信天地万物具有神灵，人只能是谦卑地与天地万物共存共荣，萨满能够通神，为人祛灾降福。《额尔古纳河右岸》中曾讲到鄂温克人崇敬火神，平常不能往火里面吐痰、洒水，不能朝里面扔不干净的东西。而他们崇拜的神偶也都是来自山川大地："我久久地看着那些用木头、树枝、兽皮组成的神偶，它们都来自我们生活的山林。这使我相信，如果它们真的可以保佑我们的话，那么我们的幸福就在山林中，不会在别处。虽然它们不如我想象的那么美丽、神奇，但它们身上产生的那股奇妙的风，却让我的耳朵像鸟儿的翅膀一样，一扇一扇的，使我对它们满怀敬意。我至今耳聪目明，一定与听过这样的风声有关。"这样的神灵崇拜不是让鄂温克人远离森林，远离现实生活，而是让他们深入地融入大自然之中。

当然，鄂温克人的诗意栖居生活是符合生态规律的，是一种优美而文明的生活。但是这种生态又是脆弱的，尤其是面对被发展主义意识形态和现代科学技术武装起来的现代人时，他们栖居的森林会惨遭毁灭的厄运，他们的诗意栖居生活会被指责为野蛮与落后。例如《额尔古纳河右岸》写到大兴安岭森林被毁灭后，当地政府就劝鄂温克人到山下去定居，还说放下猎枪的民族才是文明的民族，"激流乡新上任的古书记听说我投了反对票时，特意上山来做我的工作。他说我们和驯鹿下山，也是对森林的一种保护。驯鹿游走时会破坏植被，使生态失去平衡，再说现在对于动物要实施保护，不能再打猎了。他说一个放下了猎枪的民族，才是一个文明的民族，一个有前途和出路的民族。我很想对他说，我们和我们的驯鹿，从来都是亲吻着森林的。我们与数以万计的伐木人比起来，就是轻轻掠过水面的几只蜻蜓。如果森林之河遭受了污染，怎么可能是因为几只蜻蜓掠过的缘故呢？"的确，鄂温克人游猎于森林中，就像蜻蜓掠过水面，那不但不会毁灭森林，还给森林带去灵动的生机。

更为可悲的是，像鄂温克人这样的游猎民族根本不能适应农耕民族的定居生活。叙述者"我"对定居生活的拒斥，就是对游猎文明的诗意栖居的捍卫。而鄂温克人第一个大学生伊莲娜的遭遇更为悲惨，她在现代文明和传统生活的夹缝中，进退两难，最终只能以自杀告终。由此也可知，诗意栖居的生活，必须是一种精神的再创造。如果没有对大自然的审美能力，无法从诗意栖居中获得充分的精神满足，再美好的自然生态也无法安慰人心。

最后《额尔古纳河右岸》写到尽管大部分鄂温克人不习惯定居生活，但是还是决定下山去，而叙述者"我"和安草儿还留在山中，到傍晚那只名叫"木库莲"的白色驯鹿返回来了，"那上面卡车留下的车辙在我眼里就像一道道的伤痕。忽然，那条路的尽头闪现出一团模糊的灰白的影子，跟着，我听见了隐隐约约的鹿铃声，那团灰白的影子离我们的营地越来越近。安草儿惊叫道，阿帖，木库莲回来了！我不敢相信自己的眼睛，虽然鹿铃声听起来越来越清脆了。我抬头看了看月亮，觉得它就像朝我们跑来的白色驯鹿；而我再看那只离我们越来越近的驯鹿时，觉得它就是掉在地上的那半轮淡白的月亮。我落泪了，因为我已分不清天上人间了"。白色驯鹿的去而复返，表达的是迟子建对游猎民族的良好祝愿，希望他们的诗意栖居生活能够延续下去，希望他们的传统文化能够死灰复燃，为全球化时代文化多样性做出一点贡献。

汪树东 1974年出生，江西上饶人，现为武汉大学文学院教授，博士生导师，主要从事生态文学、20世纪中外文学研究。已经出版学术专著《生态意识与中国当代文学》《超越的追寻：中国现代文学的价值分析》《中国现代文学中的自然精神研究》《黑土文学的人性风姿》《中国现

代文学中的反现代性研究》《天人合一与当代生态文学》和《黑土文学的诗意还乡》。

光明

汪小说／**迷惘在夜色中安睡**（小说）

胡笑兰／**天峰禅心**（散文）

冼 莼／**七律抒怀**（组诗）

迷惘在夜色中安睡（小说）

◎汪小说

这和她想的不一样，窗外的景色并没有像书上常说的那样迅速倒退。准确地说，这根本算不上是什么"景色"，只是几棵营养不良的小树苗稀稀拉拉地散落在路旁，像是有人把嘴里的葡萄籽儿随意地一吐，那种子便生根发芽、破土而出，或许它们也想像童话里的种子一样，不顾他人的流言蜚语，最终长成参天大树，但是种子不会说话，没有了必不可少的打击，主人公怎么能轻易成功呢？

公交车走走停停，缓慢移动。红绿灯太多了，她跟着计时牌默默倒数，红光印在瞳孔里，像火苗一样在她眼里跳跃着燃烧着，烧得她眼睛疼，她闭上眼睛，眼底那抹焰色瞬间熄灭。她将塑料瓶里最后一口水一饮而尽。

"师傅，怎么这么久了还不动啊？"有人不耐烦地问。

"前面好像出车祸了。"

"啧！"

车上的人七嘴八舌起来，她紧闭双眼。

她想起之前看到的公交车坠江的新闻，听说车上还有跟她一样的学生，她心疼得流下泪来，仿佛死的每一个人都是她的友人。或者，是她自己。

她不止一次地想过死亡，从很小的时候开始。先是想人为什么会死，死后是怎样的，真的会有天堂地狱吗？这么说来，死亡可能才是她世界观形成过程中的第一个"启蒙老师"。然后她便想怎么死，她从电视上学到很多种死法，比妈妈会做的菜式还要多。最后想着想着就想到了自杀。可是她怕疼，她看别人打针都觉着疼，仿佛那针眼儿扎在她身上，尽管下一个确实就轮到她了。有一段时间她总是想着自杀，想着哪种自杀方式不那么疼。死也可以优雅一点。她看电视上演的，女主人公服用大量安眠药好像可以没有感觉地死去，只是脸色煞白，有一种冷艳的美。于是她跑到药店说给妈妈买，可药店老板非要家长亲自来。有一次她实在受不了了，拿头撞墙，狠狠地撞了两下，可真疼啊，但什么也没有，没有流血也没有晕倒，只有妈妈问起头上为什么青了一块时说是不小心摔倒了，结果被戳着脑袋骂，你怎么这么不小心，怎么不摔死你！她顿时觉得比撞墙还疼。

车祸似乎是个不错的选择，虽然也会疼，应该只是一瞬间的吧。她每次坐爸爸的车，爸爸一边骂娘一边超过一辆辆搅拌机轰鸣的泥头车，好几次险些撞上。她想，死的时候爸爸会不会用身体护住自己呢？抑或是两人都成一摊肉酱。

公交车终于动了，路过"车祸现场"时，有两个大汉在掐架，几个交警在劝阻，还有一群凑热闹的人。只是轻微的剐蹭啊，她不免感到有些失望，随即又为自己为什么会有这种念头感到惊讶和羞耻。

她不知道要去哪里，只是随便上了一辆车牌有自己喜欢数字的车，挑了靠窗的位置坐下，看着车上的人越来越多，又越来越少。她想，这算是流浪吗？可是还没有出小镇。她不知道，她只想逃离，逃离争吵不断的家，逃离对自己成绩一直叹气的爸爸和一直骂骂咧咧的妈妈。她之前以为考了大学就能远离这些了，可她太笨了，怎么学都学不好，以她的成绩应该只能去打工了，或者随便嫁个人，随便生几个孩子，一辈子就这么随便地过了。她不想这样，这种生活不如让她现在就死。

她初中的时候喜欢看新概念作文，上面矫揉造作、不知所云的文字让那时的她很是喜欢。她看上面写的什么高中校园里的青春爱恋，还有什么高考之后的彻夜狂欢，全都是屁，她想，她什么也没有经历，没有恋爱，高考之后也没有狂欢，她本来只想好好睡一觉，但是家里太吵了，爸妈也不允许她睡觉，因为高考让她闲了这么久，现在高考完了，她得帮忙做事。所以她上了车。

她害怕自己会变成像父母那样的人，为了屁大点儿事能把整个家掀翻，她努力地不去想那些丑恶的言语和嘴脸，可它们还是一股脑地钻进脑袋里。她经常能看到妈妈胳膊上、腿上青一块紫一块的，她在新闻里知道了一个词叫家暴，这就是吧。既然这样，为什么还不离婚呢？她搞不懂。哦，在她很小的时候，父母是差点离过一次的，在调解员的劝导下又没离成，她讨厌那个调解员，为什么要强人所难呢？为什么硬要把两个形同陌路的人捆在一起？为什么把"宁拆十座庙，不拆一桩婚"当作善举？她虽然不懂什么是爱，但她至少知道，和自己不喜欢的人待在一起是不舒服的，就像她和那个故意把她的文具盒推到地上还瞪她一眼的同桌坐一起时，总想着快点换座位是一样的感觉吧。但同时她也有点感谢调解员，让她有了几天的安稳日子，虽然没过多久父母又吵得昏天黑地了。实际上，她并不可怜妈妈，她觉得那是她活该，她每天回家被指着鼻子骂得也有想打人的冲动了，更不要说一天二十四小时都被吼的爸爸。她还记得有一次，妈妈又在阳台上骂爸爸，爸爸竟像骂街的泼妇一样尖叫着挥动双拳打妈妈，不，更准确点说，像一只被激怒的"吱吱"叫的猴子，张牙舞爪，面目可憎，同时又滑稽可怜。父母在阳台上闹得不可开交，她躲在房间里笑出了声。

后来她逐渐讨厌男性，她觉得他们都是会家暴的。她在学校里有一个要好的女同学，她把这件事告诉了"闺蜜"，第二天便招致班上女生嫌弃的眼神和男生轻薄的谩骂，那个女同学更是在全班面前嘲笑了她。她还记得，当时那个女生站在讲台上，皱着眉，满脸嫌弃地看着她，仿佛沾染上了什么晦气的东西。至此她成了班级里的边缘人。

其实这都没什么，她本就不擅长交际，孤立什么的都无所谓。

天色渐暗，车上也没几个人了。太阳是什么时候落的呢，人是什么时候走的呢？她像是在做梦一样。高考这两天也像梦一般过去了，她的高中时代就此结束，但她还活在梦里，似乎这班车还是去学校的车，她只是请了假，去得晚了些。尽管她在学校里被排挤，可她还是想回去。

她想起了以前还有朋友的日子，她似乎也跟着班上的人孤立过一个女生。那是一个同宿舍的胖胖的女生，起初大家都还相处得挺融洽，直到有一天说话比较有分量的宿舍长因为她睡觉打呼噜在背后骂了她一句，大家随声附和了几声，之后的事情便一发不可收拾，那个胖女生无论做什么都会被骂，由起初含沙射影、指桑骂槐，到后来直接恶语相向。不久那个女生便换了宿舍，但新宿舍排外，更不喜欢她，她便央求着宿舍长，能不能再换回来。她还记得当时自己嘴快说了一句"在哪儿都挨骂，你得想想是不是自己的问题"，那女生哑口无言，而她则像是最佳辩手一样，得到了大家的一致赞赏。现在想来真是可耻，所以她也理所应当地遭到了报应。被孤立后的一天晚上，因为重感冒，她拖着鼻音小心翼翼地问能不能把空调调高一点，还是宿舍长，坐在上铺，居高临下地看着她说："凭什么？你以为宿舍就你一个人吗？"她不作声，只能默默地把自己整个人都蜷缩进被子里。但是第二天的班级新闻却变成了她不顾宿舍人的感受，半夜起来把空调关了，感冒发烧是因为自己作的。她不怪任何人，因为她也曾是她们中的一员，她能理解。她们中有的是压力太大，想找一个宣泄口，于是随便找个讨厌的人语言霸凌一下，不会造成任何外部具象的伤害，自己也爽了，何乐而不为？有的只是随波逐流，觉得跟着踩一脚也没什么，毕竟，落井下石这种事情，不正是人们最擅长的嘛？还有一些人熟视无睹，成为沉默的帮凶。

终点站到了，她听着广播里一直用好听的话变着法子催人下车的甜美女声，不情愿地挪动身体，跟着下车抽烟的司机一起出了车门。

她摁亮手机，20:46，有五个未接来电，爸爸两个，妈妈三个。她把手机调成静音，所以没听到，而且，就算听见了她也不会接。

她在高考前听说有个孩子压力太大离家出走了，他爸妈急得要死，报了警，当时全校轰动，因为警察还来学校排查了。但没几天那男生便回来了，原来只是出去痛快地玩了几天，之后他爸妈便像供着宝贝一样供着他。她也想这样，可她不敢，她不知道回来后是关切的询问，还是劈头盖脸的一顿痛打。后者的可能性更大吧，她想。

天已经完全黑了下来，街上人潮涌动。小摊贩们也都开始张罗起来，吆喝叫卖声不绝如缕。她闭眼感受着这烟火气息，直到一阵摩托车的鸣笛声将她惊醒。

"神经病啊！站路中间！小心被车撞死！"那油光满面的车主把脚一踩，车胎瞬间瘪了下去，摩托车哀号着刹住了。

她笑着避让开来，说了声"谢谢"。摩托车主一副"莫名其妙"的表情回头瞪了她一眼，随即扬长而去。

她也觉得莫名其妙，谢谢他什么呢？谢谢他刹住了车没撞到自己，还是谢谢他"提醒"她"注意安全"？

烧烤的香味飘过来，火锅店、烧烤店里的音响开到了最大，揽客声和烂俗情歌夹杂在一起，如鞭炮一般在她耳边炸开，让她不禁皱眉，捂耳疾速跑过。不知店员看到会不会瞪她呢。她上次在街上走着，一个阿姨死拖着她，让她去她店里做什么免费的面部护理，她想起新闻上报道的，有的发传单的把人拉去店里，重重宰一笔，她打了个寒噤，连忙挣脱着说不要，结果那人竟推了她一把，白了她一眼说："不要就不要咯，搞得像什么似的。"她赶紧跑开，不知应不应该感到庆幸。

大排档的桌子已经摆到外面的人行道上了，她听着食客们"呼噜呼噜"的扒饭声、"呲溜呲溜"的嗦粉声，还有吧唧嘴的声音，不觉有些饿了。但她不能吃，根本没多少钱。

看来今晚得睡大街了，不知道会不会有城管来查。她记得之前去学校的有段路上，总是有三四个流浪汉睡在街边，铺一张破草席，盖着不知道从哪儿捡来的被子，上面的泥垢已经结成痂，整床被子都变得硬邦邦的。冬天应该会很冷吧，她想。可还没等到冬天他们就被送去了救助站，其间还有两个回来过一次，不过第二天又被带走了。为什么要回来呢？救助站有吃有喝还有睡的地方，不比大街上好多了吗？

她还在漫无目的地走着，这里离家大概挺远的了，眼前陌生的道路让她感到不安，但她不想回去。或许她可以先去小餐馆里当个洗碗工，等攒够了钱再去更远的地方。这下真成流浪汉了，她笑了。

又随便跟着人群摸进一个商场里逛了几圈，吹了一个小时的空调，直到觉得有点冷了，她才从商场里出来。

22:13。她实在不知道去哪儿，而且也有些困了，于是再一次跟着稀稀拉拉的人群混进一个小公园。已经很晚了，公园里没什么人，她随便找了个石凳，用手拍了拍上面的脚印便躺下了。

她好困好困，一躺下就睡着了，还做了个奇怪的梦，梦里她回到家，爸妈已经睡了，似乎根本没注意到她离家出走，她躺在床上没多久爸爸把她叫醒，说要送她去上学，车开得很慢，半路上她发现书包没拿，可已经要迟到了，她急得直跺脚，一眨眼却又到了学校，同学们笑着跟她打招呼，她想，这一定是梦，梦里的她很清楚自己是在做梦，这怎么可能呢？

而事实也证明了这一点。她正梦到自己在食堂吃饭，背后有人拍她，她一转头就醒了，因为确实有人拍她。是一个夜跑的大叔，穿着白色工字背心和荧光绿的短裤，脖子上搭了条毛巾，正弯腰看着她。她赶紧坐起来。

　　"小姑娘，怎么在这睡觉啊？这么晚了还不回家？"大叔看上去挺面善，但她还是懒地站起来，扯了句谎说在等爸妈不小心睡着了，然后逃也似的离开了。

　　看来公园也待不了，她该去哪儿呢？胳膊上好几个包，应该是刚刚睡觉时被蚊子咬的，她在凸起的肿包上画着十字，指甲深深地嵌进肉里，好像要把肉抠下来，她喜欢这种疼痛带来的快感。蚊虫声在她耳边响起，她挥舞着双手驱赶。

　　她好想安安稳稳地睡一觉，但她没钱住酒店。回家吗？她动摇了。可她才离家出走了几个小时就回去，未免也太尴尬了。这样连她都看不起自己了。至少也得有个人劝说她一下，像小说里通常都会写到的：主人公流落街头，遇到了好心人，好心人跟他讲自己的故事，开导他，主人公最后解开心结，与家人团聚，抱头痛哭，画面何等祥和，其乐融融。可现实与心里想的总是相差太大，她依然什么都没遇到。

　　她犹豫着，徘徊着，最终困意战胜了面子，她决定回家。

　　23:28。公交车已经停运了，她狠下心，用手机里最后一点钱叫了出租车。车停在家门口的小巷子前，巷子太窄了，车根本进不去。

　　她下了车，走在昏黄路灯照亮的巷子里，水泥路面上全是两侧居民楼上倒下来的脏水，顺着堵塞的下水道缓缓地流，已经腐烂了的菜叶堆在一旁，发出阵阵酸臭味，几只老鼠神色慌张地在上面跑来跑去。这是她闻了十多年的味道，竟已经生出一种亲切感。居民楼上没有几家灯还亮着，爸妈应该也睡了吧，这样也好，不用一回去就挨骂，至少还能安静地睡一个晚上。

　　她上了楼，楼道里的感应灯早就坏了，她在黑暗中摸索着爬到六楼，钥匙在门口鞋架上爸爸烂了底的皮鞋里，因为她老是弄丢钥匙，妈妈一边骂她没脑子一边在她面前把钥匙藏在鞋里，又狠狠地拍她脑袋让她长点记性。她记住了。

  她开门时看见底下的门缝里透漏出光亮,她心想完了,又得被骂一通才能睡了。她尽量轻轻地把钥匙插进外面一道铁门的锁孔里,但还是发出了"咔咔"的声响,以及铁门打开时"吱呀吱呀"地叫唤,活像一个在病床上苟延残喘的老人。当她正准备开里面的木门时,只听"啪"的一声,门底缝的灯光灭了,还有一串急促的渐行渐远的脚步声。她心里猛地一震,直逼得她掉下泪来。

  她笑了,推开木门。父母已经睡了。

汪小说 2001年11月出生于湖北襄阳,现为大一学生。深圳市作家协会会员。先后在《西部》《当代中国生态文学读本》《湖南工人报》《深圳晚报》等报刊发表小说、散文、诗歌多篇。

天峰禅心（散文）

◎胡笑兰

少年的我，时常会和小伙伴去爬那条进山登顶的小路，山那边有桃花红、梨花白、杏儿黄的诱惑。山路一点点往上盘旋，逼仄而坚实，间或有几级石阶，两旁毛草灌木披覆，或许还能看见野兔、野獾子和豪猪的巢穴。那些小兔子可不怕人，支棱着耳朵蹦蹦跳跳，倏地就不见了。我们的祖祖辈辈都走着这条进山的小路，不知道它存在了多少年。

进入山的腹地，坡道陡然，依着山势是凶险的石壁。石壁像是人力堆砌的，黑褐色点点石斑，老旧的苔藓深黑深绿，新长的苔藓透着翠绿，层层叠叠。石缝里长满了络石草，粗壮的藤蔓纠缠不清，把石壁遮盖得严严实实……

茂林修竹，两片茂盛挺拔的竹林深处，是一方开阔地带，那里常常是我们休息的地方。荒芜的乱草丛中，躺着横七竖八的石柱、石廊、古旧的青砖残瓦，缝隙里那些荒草荆棘伸出顽强的身腰疯长。父亲告诉我，这里以前是座寺庙，寺庙两进，气势恢宏，有个响亮的名字："天峰庵"。这些散落的砖瓦、玉色细腻光润的铭碑似乎告诉我，这座庙宇的往日一定不同凡响。父亲还告诉我，天峰庵的历史源远流长，遭遇劫难无数。而每一次劫难之后，总能奇迹般地再度辉煌。

据记载，早在宋时，清远禅师于麻山建成"龙门禅院"，彼时的杨家山满山遍野的山麻，麻山的名字便由此而来。麻山又因镇锁舒桐，怀潜四邑之水，古称龙门。南唐散骑常侍、翰林学士徐铉贬谪连城，曾作《龙门寺记》。乾隆年间张廷玉次子——进士张若澄题写"天峰寺"门阙。

晚清的遗老遗少、文人学士常聚于此，乐山乐水，论诗谈禅，流连忘返，留下了许多锦绣文章。历史演变，天峰寺在相当长时间里名曰"天峰庵"，这也是家乡老少习惯上的称呼。清末桐城派首要人物，晚清著名学者、文人和教育家吴汝纶曾入曾国藩、李鸿章幕府，为"曾门四弟子"之一，被举为"古文、经学、时文皆卓然不群"的异才。吴汝纶与天峰庵曾有过的心结与渊源，却是鲜为人知的。

《吴汝纶全集》对天峰庵就有一段写实的文字，打开它就如打开一段尘封的岁月，使遥远的天峰庵不再扑朔迷离，父亲的故事也找到了有力的证据。

明末，吴氏族人君友舍宅为寺，清幽的山谷便有了晨钟暮鼓，梵音袅袅。杨家山还是张相国的祖坟地，山前是一湾清丽灵气的浣河，那片山挡住了邪浊之气，相国家人以为有利风水，便买下了那片山，也越发看重天峰庵，且有"绰楔"竖立。不知道过了多少年，庵堂慢慢毁了。

咸丰年间，杨家山来了一个比丘尼，老尼见山色清奇，河湖浩瀚无垠，波光潋滟，便决定不再走了。云游四海多年，老尼终于看见了一方清静宝地，便倾其所募银钱，重新修了一座新的天峰庵。自此，"橐橐"的木鱼声又敲醒晨曦，辞别暮色，香火日盛。

忽一日，来了一个游方和尚。和尚是个不折不扣的"花和尚"，老尼恐他污了佛门清静，几次三番坚守山门。和尚恶念顿起，天峰庵在一把邪恶的大火里化为灰烬。这些过往，县志和吴氏族人都有文字记录。

19世纪初，吴先生自里中，过天峰庵，取道安庆、南京，赴天津入李鸿章幕。天峰庵此时的住持泰山正是老尼的外孙。吴先生登山小住，在庵里流连数日。他在《吴汝纶全集》里这样写道："泰山年七十余也，而貌清腴，肌理润泽，与余辈年三四十人相若……今为屋二重，栋宇殊壮，诸佛像皆雄伟，皆泰山所募建者。其徒服习其教，事佛甚谨，猪、鱼、鸭、鸡，屏不入厨，有不食盐者。"泰山住持敬慕先生高才，曾经几次邀约，两人相见恨晚，秉烛夜谈。这样的风景名胜可怡情冶性，自然更适合读书了。

民国十二年（1923），住持殷和尚将两进寺庙改建三进，供奉大小佛像十余尊。

时间来到了20世纪60年代初，一群扛着"青红棒"的人，在"破四旧"的呐喊里，将天峰庵夷为平地，便成了现在的样子，也给了我儿时难忘的记忆。

竹林里飞翔着许多的黑鸟，见到我们并不怯生，兀自玩乐，快活地飞行，抑或站在石阶上踱着步。它们体态丰盈，羽毛乌黑油亮，朱红的眼睛一闪一闪的，镶嵌着黑如点墨的眼珠子，犀利地东张西望，猛地伸出尖锐的喙，那是它们终于逮着了一只大虫。"吱吱、嘎嘎"地叫着，得意地扑棱着翅膀，飞上竹梢头。几只啄木鸟，雨点样啄击树干上的虫子，"梆梆梆……"，狠而准。远处的布谷鸟"麦黄河果……"响亮地回应着。鸟鸣山更幽，林深草木生，说的便是这般的感觉吧。

废墟旁有一株参天古枫树，苍劲粗壮，仿佛它是天峰庵最好的明证。枫叶红得醒目，繁华又铺张，沟壑里堆满了深浅不一的颜色，惊艳着我好奇的双眸。我站在下面，透过满树红叶的缝隙看天，我看见天空全变成红色，人在中间，被温暖和喜气包围。

"你在看什么呢？"小伙伴们问。

"我在看外面的天呀！"我脆嫩的回答在群山翠谷里回响，山那边碰撞出的回声悠悠扬扬。

几年后，十三岁的我真的被父母送到了山外，远方求学，只在暑假归来。再后来，我走出了家乡，看到了外面的世界。

　　1979年，天峰庵又迎来了它的另一个主人，我想那是佛祖派来的使者。妙容师太来了，也决定从此不走了。妙容皮肤白净，椭圆脸，眉眼清秀，我想象着，她年轻时一定是个标致的美人。

　　昔日庵堂片瓦不存，古庵的瓦石砖块有的成了山下村人宅基地的点缀，铭碑成了井台上的坎石。师太站在那里，心里默默发下大愿：一定重振庵堂，扬佛威仪。从此她云游四方，募化资金，八方信徒纷纷捐赠。

　　我至今依然记得建庙时的场面。山路陡仄，木料、砖石、白粉、水泥，一样样全靠人肩挑手扛，山道上流淌着不息的人流。他们是山下周边的青壮年义工，几乎每一家都会出一份力。半年后，一栋徽派特色白墙黛瓦的庙宇伫立在天峰庵原址上。重修的庙堂还叫天峰寺，一殿一堂，供奉十余尊佛像。妙容做了住持。

　　师太自幼修法习武，练得一身好手段。一个月黑风高夜，一个盗贼自恃武功了得，欺妙容一介女流，上山行窃。几番较量，妙容打得歹人落花流水，从此无人敢再来造次。

　　妙容师太那年年约五十，温和安详的脸总是带着微笑。她布道度人，和山下百姓关系亲睦，深得尊敬，名望日隆。香火在妙容师太的木鱼声中，越来越旺盛了，就连江西、福建、台湾等地香客也慕名而来。山道上永远走着善男信女。

　　父亲常常会带上我去庙里。我看父亲用蝇头小楷给庙里写签语，给拜佛求签的人解签。父亲读过私塾，喜欢看书，对签语的文言文和历史典故有深度的理解。他能依着签客的心理把各签语解释得喜上加喜，遇难呈祥。师太说，佛祖是度人生苦难的，这些签语其实就是一门哲学，或者说游离在神学与哲学之间，让好运的人继续努力，让迷惘的人顿悟，让深陷苦痛的人寻找解脱。

我和母亲一起去上供还愿，给佛像挂红披。那红披是母亲许下何愿终于遂了心意后，对菩萨的谢仪。至于母亲许下何愿，我无从知道，因为那是不能说破的。我想，那总是离不开一个母亲的美好心意。上供后的糕点，师太总会拿些放到我的小手里笑眯眯地说："吃吧吃吧，漂亮聪明的小姑娘，步步登高。"

"多谢师太的吉言，我娃快接着。"母亲这时不再客套，清秀的脸上漾着欢喜，似乎女儿结结实实地收到了佛的祝福。

1980年，洛阳白马寺走来一个少女，见着师太，双手合十，深深行礼说："师太，我想皈依佛祖，从此一心向佛。"语声怯怯但却非常坚决。

"阿弥陀佛！小施主，执于一念，将受困于一念；一念放下，会自在于心间。"师太看着她青葱一样水嫩的脸又说，"你太年轻啦，生活才刚刚开始。"

"您不收我，我便不起来！"女子说完，直直跪在山门外，扬着倔强的小脸。

"你且起来，在庵堂做个居士，养养心神也好。"师太慈眉善目地笑。

1983年，师太为一个女子行了受戒礼。戒香炙烧着头额，三个、六个、九个，灸出显目的戒疤。"不杀生、不偷盗、不邪淫、不妄语、不饮酒、不涂饰香鬘、不视听歌舞、不坐高广大床、不非时食、不蓄金银财宝……"大堂经声悠扬，诵戒声朗朗。随缘放下，心安是家，师太赐她法号"释僧果"，受了戒牒，从此正式皈依佛门，成为古庵堂又一个神圣的使者。

我和母亲拜求做清明的万字钱时，见过那年轻尼姑。她和我差不多大，婀娜俊俏，有点妙玉的影子。青涩白净的脸上几点雀斑，黑葡萄样的双眸幽深似潭，像一泓平静得不起涟漪的潭，漂亮得让人心疼，瘦瘦的身子也让人心疼。我想弄懂，究竟是什么样的缘由，让她这般决绝，愿意过这种清寂、月照孤影的日子。我想探寻，但终于张不开口，又恐惊扰了她。若问心灵为何物，恰如墨画松涛声，每一个人都有自己的心灵世界，她的空灵与禅心，恐怕不是我等凡夫俗子所能想象的了。

若干年后，再见到我时，她居然一眼便认出了我，一刹那，惊喜点亮了眼睛。看着小双时，她沉静的脸流淌着慈祥母性的光，还有寺前四时不绝鲜艳浪漫的花朵，又让我相信，她的内心是填满生活的温情的。

至此师徒二人合力主持庵堂。那一日，天刚破晓，妙容师徒打开山门，沐手焚香，准备诵经的早课。庵堂外忽然传来婴儿喑哑的哭声。释僧果奔出山门，回来时，一手托着一个襁褓，里面是一对不足月的女婴。

"师傅，多可爱的孩子！"释僧果爱怜地看着婴儿粉嘟嘟的小脸。

"我们收养了吧！"师徒二人想到了一起，给她们取名大双小双。从此寺庙里多了小儿的牙牙学语；香客里，孩子的嬉戏穿织出热闹活泼的生气。一转眼，大双小双背着书包上学了，佛堂清欢多了份人间天伦。

一日师太端坐佛堂，轻唤释僧果，殷殷地说："我刚才做了一个梦，梦见天峰寺是金灿灿的，有许多大殿，有许多菩萨！我是看不到那一天了，僧果，你要好好修持，天峰寺定有贵人相助。"说着含笑圆寂。师太走了，面色如生，面含微笑，神态安详。

蜿蜒的山道，一袭玄色僧袍，足踏一双云鞋，寒来暑往，释僧果行走在化缘募资的路上，执着而坚决，其中甘苦冷暖只有她自己知道。自此，天峰寺越发兴旺。寺里香客信众游人，熙来攘往，其中不乏文人骚客，踏青观景，吟诗作画。

几年后，释僧果募得各项捐款百余万，悉数打造寺庙。焕然一新的天峰寺，大殿三进，寮房十余间，恭请佛像三十余尊。山门两旁雄踞两大石狮，安庆迎江寺皖峰方丈题写"天峰寺"门阙；中进"大雄宝殿"门匾，是赵朴初的墨宝；前两进大殿后石壁上，分别刻有《金刚经》和

《心经》；后进为观音殿。

  站在山下，远远望去，杨家山茂林修竹，涧花成景。天峰寺黄墙红瓦，飞檐斗拱，重檐相叠，龙凤呈祥，古典的韵致隐约在万绿丛中。寺后令牌巨石，突兀冲天，峰顶悚峙。白象、青狮两山，镇锁湖口，更显得灵光宝气，威仪庄严。

  "锦绣枞川，菜子湖滨，古刹梵钟，仰令牌巨石，蛙鸣献瑞，佛香千丈，咒语回音。白象青狮，湖关镇锁，万壑灵渊圣水清，流连处，有定泉井韵，点缀其中。引人入景舒怀，赞开放，天峰绽紫兰，喜芳磬远播，重修庙宇，雕梁画栋，宝殿庄严，谒佛寻根，炎黄赤子，最爱蓬莱着意新，登高望，览神州崛起，万象回春。"诗人王乐的这首《沁园春·重修天峰寺感怀》，颇能表现此时的意境。

  云和水，这两种物体无形无态，是飘流不定柔情万种的世间自由之物；禅心，是清静寂定的心境。云水禅心，天峰寺历代住持把自己禅远的心思寄托在这片飘流不定的云水之间，也让家乡的山水多了份宁静柔美。

胡笑兰 安徽人，现居深圳。安徽省散文随笔学会会员，深圳市作家协会会员，安庆市作家协会会员。散文散见于《散文诗世界》《深圳青年》《湾区足音》《打工文学》《中国生态文学读本》等刊物和各类报纸。多篇作品获奖并入选年度文集。

七律抒怀（组诗）

◎洗 莼

无 题

题诗传语挽微躯，道远还怜我辈孤。
五载寒窗堪见美，一朝余念竟成殊。
风谣几度时高下，文雅于今乍有无。
愁在不缘儒者少，世人指点作嬉娱。

抒 怀

真情朴拙尔何求，竹里烹茶只自愁。
三径草荒曾驻马，一湖风缓送行舟。
生平性格依然在，笔下文章不值酬。
辜负往来年少事，忽然惊与水东流。

即 感

万里银河接水流，空山独夜寄南州。

清泉自照孤峰影,白月犹悬老树头。
已厌风尘悲世事,幸从江海会朋游。
而今谁解浮云意,愧我新诗作客愁。

与友翻书得"即事"

我屋南窗夜色通,遽看诸物影朦朦。
星河半落诗家眼,枕簟常吹夏日风。
车马平明惊晓梦,笙歌四季贯长空。
即今清思如流水,彩笔难成造化功。

途 中

月华淡淡远峰明,拂晓唯闻马辔声。
但觉出林疑市井,方知原野问农耕。
山河并是行人兴,诗句多于旅舍成。
南北从来本迢递,放身沧海亦平生。

雨 后

羁旅残春夜雨晴,倦游诗客忆鹏城。
故人惨淡天涯远,芳草溟蒙槛外行。
徒见渡头花脉脉,空闻堤上屐声声。
只今邂逅无同调,独抱风流待眼明。

雨 巷

远似烟云近又空,春来吹雨两朦胧。
水流带响穿疏牖,酒户生香入小风。
胜迹尽随幽巷在,民情还与故乡同。
嗟余一别依何处,片片轻花过眼中。

中秋夜感

疏梧漏月到罗衣,水色云声只自奇。
岁岁清秋光节物,茫茫白雪暗心思。
庭寒犹落台檐满,客远应同杯盏迟。
离别俱从相聚后,天涯情感复谁知?

自 为

回眸荣落常翻覆,燕子衔泥又一春。
纵使玉堂遭冷眼,可堪尘世作闲人。
时艰无补朝朝尽,天意何曾事事均。
莫待徒伤青鬓改,兹须得己弃穷津。

会友又别

满山春气转温风,朋辈郊亭会酒中。
文字巧成行语令,涧溪远似出林丛。

浮云寂寂斜阳里，去鸟悠悠往事空。
回首千峰心目破，断肠分手各西东。

冬至兼岁暮有怀

世情岁暮两相催，冬至阳升淑气来。
树影映阶添日久，梅花照眼破寒开。
莫教志业空回首，纵有诗朋已覆杯。
传语可怜迎蜡柳，明朝先发望春台。

九日登高

今逢节物怜芳晚，诗客登高瞰异乡。
环合山形含晓雾，参差树色起朝阳。
两三鸿雁飞成字，重九篱花隐显黄。
陶令从来乘兴醉，风流何用倚清香。

秋夜寄半岛君

凄凄云物几时休，迢递山川两地秋。
寄我清茶投气味，闻君浊酒寄风流。
岭南草木催寒近，门外笙歌尽夜收。
漫道知音犹未遇，多情微月入青眸。

中秋随感

怅望乾坤气自清,银河倒挂岭南城。
凉风摇落窥秋色,闲客萧条对月明。
愁看千年圆缺事,转怜四海别离情。
金尊莫负良辰景,遥夜家家素魄盈。

秋 思

凉蟾影浸窗纱见,衣薄还醒是四更。
闻道暗虫通夕响,愁看落叶借秋鸣。
背灯别恨虚惆怅,临笔相思即有情。
谁解离鸾无所报,而今独共月亏盈。

翻书得"晚来天欲雪"然岭南无雪随意而作

怅别城喧独自幽,云从远岫忽然浮。
支离野圃青萝径,暗淡斜阳翠竹头。
赋得晚来天欲雪,方知寒似物经秋。
徘徊一笑吾清兴,即拟诗成景不周。

贺友生辰

游云日午团团白,恍觉春来物尚寒。
天地始容开气象,芳枝今吐上衣冠。

伤今侪辈空忧事,忆昔轮舟柱破澜。
可待逢君酌明月,新篇秉烛共还观。

寻 真

寻真路远魂飞苦,欲逐仙人受久生。
万壑豺狼天地动,四方风雨鬼神惊。
杜兰香去归空碧,萼绿华来入紫清。
我寄此情求羽翼,云花一片到蓬瀛。

分韵得知字兼题我与诗词咏怀

误入诗门今已久,依然一副浅儒资。
书中趣味何须道,笔下生涯幸不移。
莫叹光阴频冷落,唯忧学问短支离。
笑将好句闲文兴,寄与清风朗月知。

独鹿诗社分韵得阳字

四野萧萧秋意动,寻幽何处溺风光。
静听叶落千枝下,坐看云闲一鹤翔。
好景忘机凌绝顶,群山无语立斜阳。
回瞻草密藏行迹,满目深红出浅黄。

洗　莼　本名吴丹。现居广东深圳。深圳市光明区作家协会会员，独鹿诗社社员。诗词作品散见于《宝安日报》《信念与情怀》《华夏诗歌新天地》《独鹿诗刊》《武汉诗词》《诗原》等及网络媒体。

文本与绎读

老房子／风吹来布谷鸟旷远的秘密（组诗）

辛泊平／当他在说鸟鸣的时候究竟是在说什么

风吹来布谷鸟旷远的秘密（组诗）
◎老房子

鸟鸣、眼皮和长翅膀的它们

清晨，鸟鸣准时揉进眼皮深处
幽会。忘记
是毁约最好的闺蜜
理由充分，或完全不可理喻
规律要遵循，有时未必
人间可以创造奇迹
比如她和她的闺蜜何等默契

再比如夏蝉
越是心烦，越是聒噪
舒适的标准似乎就只闪现在麻烦制造者一对薄翅里
还比如吸血不发声的母蚊子
餐桌上突然而至的绿头苍蝇
蝴蝶的翅膀一旦扇起凡尘，抖落
即是一个所谓效应

见与不见
不会像放之四海的真理
心知肚明的话
一脱口,随时可能响起一声闷枪
击中天籁
趁眼皮和嘴唇尚未张开,梦游
最好呈弹性地进行
而不像蝉蜕将来的脆裂

鸟　话

憋黑了一个整夜。大清早
突然亮出一腔高调
依稀之喙
啄噪依稀之人事

竟都如此尖刻

必须回应。所有的回应
都小心翼翼
把无法笼络的朦胧搂得很紧
匿于耳膜薄壁

偷窥一条出路

梦是迫不得已的起义者
把沿途的俘虏一一释放
如果要审讯它们
语言和肢体皆无从沟通

远近皆叫响欲望

我想去把鸟鸣捧回来

我们去鸟鸣
——去和它们交流
它们无拘无束，我们异想天开

它们有世上最尖锐的嘴，最不知疲倦的喉
而这个世界上
只有这些各色的喙有益无害
能够撬开最坚硬的灵魂
在神灵面前婉转

不要再依赖人机对话
语言和语言何其差异。同一种语言
尚且词不达意，冲突，甚至上升到肢体
成为议会大厅椅子、茶杯们
民主程度最高的声调

不同语言的各种表达，丰富成吊诡

面部丰腴、内心枯燥。随时
断电。死机
一场沙漠风暴
所有五官形同陌路

我们去鸟鸣
——去和它们交流
云雀、百灵、画眉、灰椋鸟，还有麻雀、布谷
多么和谐的大家庭。夜莺是它们中的贵族吧
我还是喜欢歌剧里的声音

可它们是最胆怯的
一个眼神便会惊飞，飞在
十二星座之外，十二生肖之上
告诉我，有什么好办法
我想去把鸟鸣捧回来

一张口，更加重了边界的孤独

昨天和今天的边界
此时，已空无一人

逡巡至此，对视
月光与灯光诧异

谁也不想退让一步

僵持，是熬苦的睡眠

觊觎浮肿着遗憾
眼膏越来越浓

"他们怎么可以
引用彼此的方言"

一张口
更加重了边界的孤独

树叶举起晨曦的鸟鸣：
"一切语言不必到此"

蛙呢，鸟呢，蝉呢

蛙呢，鸟呢，蝉呢？
此处无声

河水哗哗
有人捕鱼。你在树梢？他在田里？
我无处可寻

鱼也，吾之所好，熊掌呢？
此处风声鹤唳
月比你们

高了一座山,低了一溪水
山崖恶劲草
叫嘛,那些个东西

"一定要把薛定谔引为知己"

唯有鸟鸣,才是真的
感觉到了寂静
梦,掀开黑色睡袍
灰白肚腹
如果

此时正在打腹稿
一阵紧似一阵的鹧鸪,高亢又单调的布谷
从声音里分辨眉眼的画眉,以及
杂乱起伏的群呼或者互怼
懵懂经不住惊吓

狗吠鸡鸣
猫的脚步踩到了吊诡。悄无声息
降临。最恐惧的是
那把锤子和放射性物质
"一定要把薛定谔引为知己"

他终究模仿不了

霍金坐姿爱因斯坦眼神
只得把不安分
晾在被鸟叫分了叉的时间上
自行其是

梯　子

傍晚的阳光
抬着刺眼的梯子：
"爬上来，可以见到奢望"
一匹黑影贴着地面
鬼祟，尾随
交错的脚步
越踩越薄
秋雨
开始滴下省略号
乌鸦"呱呱"躁动的黑氅
一件一件陨落
我把梯子抽走

替夏天行道

湿透了的降落伞，要占领这儿的
傍晚
收复风的失地

众生喜极而泣

鸟声，蝉声，蛐蛐声
蛙的一声……
喇叭花张大惊愕

草木深呼吸
水车俯下又撑起
半个后腰一览无余
被偷觑的捣衣妇舞起棒槌

替夏天行道

风吹来布谷鸟旷远的秘密

闹铃邀约着校准清晨
五点二十八分二十五秒惊响

戊戌雨携丁酉雪，风度翩跹。风
还度过来布谷鸟旷远的秘密

喜鹊，画眉，白头翁……
克制的冷，像你的笔触，于头腹处留白

宁愿相信，它们是从年画中一跃而出的
句芒，摇曳春枝。干支

是眼前石径上凸凹的故事
一个甲子再一个甲子。而我

在晴窗下细数着一阶石梯。一支牧笛
一朵蜡梅、一枝红杏、一树桃李……

斑鸠变出鸽子的白肚皮

戏台
在历史脚下，吱呀摇晃
黄昏就此喘息
锣鼓喧天的日子全都离去
变脸的技艺剩了一半
斑鸠变出鸽子的白肚皮，再也变不回去
"再也——回不去了——哟"
"哐、哐"
川剧高腔从戏台的井底幽然于这个
闷热夜晚的祭祀场，无声
翻腾不息着独白

冬至现场

有个人在冰天雪地漫无目的
脑袋，心脏
废弃在露天的铁块

锈迹
开出黯黑的花瓣

有只鸟
在偌大的白纸上龇牙咧嘴
有些想法，有些话
冻得化不开

一片枯叶
抽搐着伤筋动骨

月亮，你只是个随意搬动的道具

中秋无月，有雨滴
溅起鹦鹉一句黯淡一声嘶哑
高酒杯躲在廊灯下透视
自己把尴尬举起

中秋有风，无音讯
齿寒。一阵忙音删除一段微信
蟋蟀在墙角啃噬旧事
裁纸刀在新版毛边书边上找一管羽毛笔

他恍然想到：
月亮

你只是个随意搬动的道具

狗尾草摇着本命年的山门

狗尾草
摇着本命年的山门

戊戌初一凌晨
为进香祈福的人
值守雪白

木鱼、洪钟、诵经声
香蜡纸钱
鸟鸣

迎春花越过悬崖
"谁的路上
没有个金色禅院"

狗尾草
摇着本命年的山门

未及出口的想法

小道已经拐弯
凸凹的风

和山坡一起竭力垫高
眼神
独自嗅着疲惫的乡味

我的背景
是浩大的阳光
背着离乡者的影子

草根散漫
却也自由自在
夜色以敦厚的刚毅
笼络所有的沉默
忠实的伴侣
白得如此纯洁

此时，未及出口的想法
跳在鸟的共鸣上

路过一座城市

路过一座城市
猛然与城市标识遭遇
绿底白字，一柄箭头
对准雁阵。心悸

路过一座城市
记忆裹住雾蒙深处的啁啾
芦苇灰白漫过发际
往事蹒跚
追不上高速路绝尘尾气

路过的那一座城市
他不舍离去
就差那么一点点，一点点
现在的你愿不愿意

问

风随你走了，还是
你随风而去
一只空壳的船
盛满孤寂

浪停息了，还是
你屏住呼吸
水草不再摇曳
鸟的叫唤远挂在天际

万籁俱寂，在
无欲无望中透析
我把血液洗净成蓝色

如你的眼睛

或许，就此可以看见
我的来世今生
或许
根本就没有你

空　巢

他抬起头。贪恋无名鸟们的自由
叽叽喳喳，旋转起伏
目光正在奢侈地想象
被放肆议论过的春草，夹黄在
银杏叶满地的书写里
一页接一页，念给秋水
碎玻璃语无伦次
他低下头。眩晕的鸟巢未痴先呆
倒挂冰凌的枯笔，把空
由动词默写成名词
而就在刚才，他突然听见雪
说这个词性
应该理解为形容词

他又抬起头

他像岩石默默：却也未必

飞翔和坠落
都是对自己高度的一种演绎
身姿何其差异

长江首尾
向2018年的10月告别
资讯怎会以逆流的方式

飞狐从雪山之巅俯视
"人生就是大闹一场
然后，悄然离去"

戾气人物
被恩仇录彻底拒绝后
用无名掌互殴

只一次大闹
快速得以秒计数
今生再找不到停靠的站点

坠落和堕落这个同义词
砸向大江心窝。惊飞的水鸟
来不及就别再辨析

据说有平行宇宙
它们或许已飘去那里
在另一个高度笑傲

仰视长江护栏的伤口
他像岩石默默：逝者如斯夫
却也未必

你，是篱笆墙睁大的哪一只眼睛

山茶花还在觊觎。鸟声的
偶遇。蜡梅就轻声细语
馥郁了窗外的宁静

白鹭一根一根挑起
蓝天的彩线，撒在河面上
几只短翅鸟秀线型台步

突如其来的落叶撞碎风声
满地激烈。伏笔
埋在了下一次遭遇

布谷鸟突然提升晨鸡的分贝
俯瞰。篱笆墙
所有的殷勤由阴转晴

你是篱笆墙睁大的
哪一只眼睛

寒　露

就要走远了。唏嘘
已不仅仅是一种声音。牵着
正在加深的颜色
馥郁黄成了告别词，一页一页
纷泊。第一个寒的眼神，嗅到了冷
凝神。行礼。向无声接近的白
菊的指尖卷曲，把接捧不住的鸿雁飞鸣
举向斜阳
变色雨的雕刀，刻深了来去行程
竖在秋的踵下
往高处而行的皆兄弟
那枝茱萸
心有所属

关于清明

已经没其他想法了
多少有一点，也无关紧要
小区的犬吠，半夜鸡叫，不影响
我一万步的快走。寂静的脚步
似乎比清晨的鸟语还要清晰

而这是要走向哪里呢?
哪里才是你的前面
穿过那片丛林,可否品赏明前茶?

事实上,新发的枝叶早已挂不住
任何一滴露了。环顾左右,风和雾
全是雨水的想法
慢条斯理,沉思或是低语

整体而言,对于我来说
人生匆忙,而我,似乎已走到
只剩一个想法的时候了:

无论如何,我不想你比我走更得快……

窗 外

窗外
所有的都是路过

一条青石板的曲径,枕在夜的小镇
总也晾不干
湿漉漉的坚硬,被嘈杂和喧嚣席卷之后

所有的房屋都看不清窗棂

树木都不辨枝叶
远山加剧在模糊

就连向外探望的窗户
也是从黑影里凿开的洞,窥视
正要消失的背影

一副白得耀眼的招牌,在斜阳
背离余晖之际抬起一群麻雀
招摇银器专卖

窗外
所有的都是路过

他纠缠着噩梦一个也不放过

他用左撇子的油画刀
涂厚右边耳郭
要抹得不像左耳经典的爱情纱布

如果意象进入老房子
他就把连锁店推向每一个城市
还有那些乡镇
供口语象征隐喻们邀约开房

黑夜睁大眼睛

眼罩遮住血丝
红与黑焦灼不安

飞机第三次飞过屋顶,就该
起床啦。可今天
轰鸣声把他的头颅碾成了
高原上的跑道

杂木是彩林的主角
人们如秋风一拨一拨轻浮
他像一株稀有树种仅供个别人研究

鸟变换着叫声引诱
他纠缠着噩梦一个也不放过
他在想,如果能够醒来
就像无字碑一样坦荡

小人们
站立成了墓志铭
他在暗物质里得意忘形

白玉兰

白玉兰掉下来一瓣
坠了的瓷片砸叫羽毛
一只鸟惊讶的嘴

失聪的人为之一颤

也许已意识到将要从某处落下
在愈来愈接近大地的短瞬
已经想好
离开是宿命，抵达一样也是

这不能随心所欲选择
也无法改变
而颜色会改变，会变得像泥土
由此，缄默也才显现了本色

不惊动任何事物
哪怕一滴雨，一片羽
甚至风头套上的
枯槁之色

观赏的，留恋的，来来去去的
都成了模模糊糊的
而它的背影清晰
你恰好踏在了这块土地

而种下这株树的那人
从传说里走了出来，又很快
隐匿于
一窠巢漏掉的风声

丁酉冬至的城市街沿

丁酉冬至
城市街沿。一拨又一拨尾气
吊诡的
红黄绿

中国式过街，谁给出的伪命题
横冲直撞的不相信
孤悬空中的也不相信

只有打桩机、搅拌机和运渣车
目空一切
安全帽、水杯和饭盒
塑料再生奴婢和帮凶的同体。垃圾桶既倒

粉尘缩写成一个洋名，PM
三围清晰，从1.0、2.5、10以至
若干
天上人间，各取所需

惶惶然，城市，有时候像一棵站不稳鸟声的树
一根爬满苔藓的电杆，一座不断膨胀的怪诞体
庞大得手脚无措，又脆弱得，担不起一地玻璃

放　逐

一种蓝
把时间放逐。鸟鸣
呆滞天空。白云骑在马背上
赶着羊群远去。失忆的黑外套
搭在山坳
风披着梦游的树叶
呜呜乱窜

一对人静静凝视
像时间一样被放逐

无影无踪

时间旋转成黄色，坠落
一支踮起脚尖的曲子向远处离去
所有的优雅，似乎都会以蜷曲的姿态呈述
你将是另一种颜色

乌鸦代表一种什么状态
它无从裸露喜鹊的胸脯
飞起来的黑色声音
穿透枯萎

三角梅开了四季的红

更喜欢有些紫色

含蓄，淡化了风的直白

直到湿润

一声啸唳

无影无踪

诗歌成都

太阳神鸟嘶鸣旁逸

摸底河与坐禅的蛙声一同修炼成金

五个壮丁和五头拉金粪的牛

"噫吁嚱"！太白剑抖斜月影，危乎高哉处

饮得下零乱徘徊

剑南道秋风随心所欲

屋上茅草卷走三重，又站立

坚瘦的诗意

雪，欲覆盖一口井。改邪归正的恶竹

揭竿而起，护卫一页浣花笺

《十离诗》浅吟，酬唱几何

冷漠嫦娥镜。柏树

长出森森诗章。丞相祠堂

臆想。空城的川剧反复默诵《出师表》

一尖竹叶青挑开盖碗

缥缈妙计。各色皮肤拥进锦里

自动投诚。降词

辨不清，哪一句正在变脸，哪一腔
吼出鲍勃·迪伦
疏朗之时，推窗，西岭
堆砌起大熊猫的蓬松

抱紧一个光的盒子

他用两只手抱紧了一个光的盒子，而
两只眼睛
始终没有抓住过光的旋涡
蜂舞蝶恋，潦草飘浮的风物
芦苇、红柳
摇摆，低低呼叫，而空中，一条接一条
细长的光线，斜刺，尔后飞逝。我想那丹顶鹤
平生的愿望仅仅是
一次都不被闪电击中
当然了，世上的肉眼凡胎，皆命有所定
即使只身飘零，也要入住宛如图片的对岸
沙土安静，如果再有一只陶罐
旁边的女人，可以断定，她也是其中一道弧线

歌词的宽边草帽抛向天空

多年以后，她才知道：很多事走不脱，
去了，还会来。也才知道
那些花草等了一岁又一岁，还不显老

雨滴依然引用清脆的原声："你，多么可爱啊！"
忽然放大的露珠之间，同桌的倒影
依旧婷婷。"让我们荡起双桨，小船儿推开波浪……"
这歌词好像一顶宽边草帽
多年来，我又一次一次抛向天空
……你也应该知道
我前世的枯木，做了你今生侍弄花草的歇息之地

感觉是什么颜色

没有风。寂静坠入窒息
思念的猫影
捕捉声音的视线
始终逮不住，失眠的耳鸣

一枚花瓣的戒指，遭遇的流水的冰凉
又被无名指偷偷摘除

梦呓，半蹲半坐，背靠的除夕：
"告诉我，所有的感觉，目前尚未涂色"

老房子　本名刘红立，四川西昌人，现居四川成都。中国作家协会会员，四川省作家协会全委会委员。诗歌作品发表于《诗刊》《中国作家》《星星》等，并入选多种诗歌选本。曾获《星星》诗刊主题诗歌大赛二等

奖、"红花郎"杯全球汉语诗歌拉力赛月度冠军、首届全球"杜甫诗歌奖"当代原创诗歌大赛总冠军等多类诗歌奖。出版诗集《低于尘埃之语》等两部，合集《朗诵爱情》等三部。

当他在说鸟鸣的时候究竟是在说什么
——读老房子组诗《风吹来布谷鸟旷远的秘密》

◎辛泊平

一

小时候,听大人讲过一个民间故事,出处忘了,大概是说一个叫公冶长的人懂鸟语。有一天,公冶长听到一只鸟对他说,某地有一只受伤的羊,你去捡回来,然后,你吃肉,我吃肠。公冶长到了那个地方,果然发现了一只受伤的羊,于是高高兴兴地捡回家。但他太贪了,没有把肠子留给那只鸟。结果,那只鸟为了报复他,对他说某地又有某种猎物。公冶长兴冲冲地去了,远远地看到许多人围成一圈在看什么,以为那里面就是鸟说的猎物,生怕被别人抢去,于是就大喊,那是我打死的。结果里面是一具人的尸体,公冶长因此惹上了官司。这个故事的讲述者也许只是劝诫人们,做人不能贪婪,要讲信用,否则就会遭到报应。对于孩子来说,这个故事的寓意固然重要,但最有意思的恐怕不在此,而是一个人能听懂鸟语。这一点比较神奇,比较酷。多年以后读《论语》,才知道公冶长确有其人,他是孔子的弟子,有贤名,但懂不懂鸟语这件事并没有记载,但这并不妨碍我对这个故事的迷恋和信任。从某种意义上说,是那个传说而不是历史,让我对公冶长这个名字有了特殊的好感。

读《诗经》,或者读《楚辞》,我总会遇到太多的草木,遇到太多的鸟兽与山川。在古人的笔下,那些草木和鸟兽,不仅仅是一种客观事物,它还是君子美德的一种象征。这些物象,不同于简单的命名与判断。因为，它不仅仅是具体的事物，也是承载着修辞观照的抽象。那是一种古老的表情达意的方法，是一种古老的修辞传统。在这种修辞之下，是古人面对天地万物的情感和态度，是生命对生命的确认与回应。我喜欢这种感觉。因为，借此，我知道，在古人心中，那些鸟兽鱼虫，那些山川草木也都是有情感、有温度的存在，而不是冰冷的背景。所以，古人才会生出许多敬畏，生出许多深情。也正是在这种语境下，我们才有了诸如精卫填海、夸父逐日的传说，有了梁祝化蝶、鹊桥相会的故事。这是一种化纯为一的生命版图，是一种万物通灵的情感呼吸。

另一种印象深刻的感受，在阅读古今中外的经典时，我经常被一种现象困惑。那就是，在大师笔下，对自然的描写可以细致到叶片的纹理与蚂蚁的气息。而在当代作家笔下，所谓的景物描写是粗糙的，甚至是不存在的。是当代人缺乏描写的能力，还是当代人眼中根本就没有人之外的世界，我说不清楚。但有一点可以确认，我们的文本越来越缺少那种来自自然的味道。大概是网络诗歌论坛时期，曾经有人提出过"如果不认识多少种植物，就不配写诗"的说法。当时好像还有许多人积极回应。当然，反对的人也不在少数。只是后来，诗人们开始关注所谓的诗歌现场。于是，这种提法也就不了了之。说实话，对于这种提法，我还是比较感兴趣的。我渴望看到诗人们的争论，渴望看到诗人们在某种程度上恢复古典诗歌的唯美传统，和对广义生命的价值认同。因为，我觉得，草木的名字不仅仅关乎词语的丰富，还关乎诗人的价值取向与情感态度。在形形色色的写作主义旗帜下，无法掩盖当代人的视野局限与心灵枯萎。而那些草木鸟兽，让它们进入诗歌，既是语言丰盈的表现，也是情感润泽的条件。

所以，当我读到老房子的组诗《风吹来布谷鸟旷远的秘密》的时候，看到那里面似乎无处不在的鸟鸣，那种久违的感觉似乎又清晰了起来。不可认，在当下的诗歌写作中，诗人们在乎的是生存的现场，关注的是生命与灵魂的双重困境。如果一首诗里出现太多传统意义上的自然意象,似乎就是陈旧与落伍。这实在是一种写作与阅读的误区。在我看来,意象永远是意象,只要与心灵关注对应准确,所有的事物都可以传递当下的情感与当下的关注。一辆汽车、一座酒店可以表现当下的欲望,一棵树和一片草地同样可以折射它们。对此,老房子显然有足够的自觉与自信。他关注的,不是诗歌的样式是否合乎当下人的阅读口味,而是自足的心灵事件和灵魂趋向。

> 清晨,鸟鸣准时揉进眼皮深处
> 幽会。忘记
> 是毁约最好的闺蜜
> 理由充分,或完全不可理喻
> 规律要遵循,有时未必
> 人间可以创造奇迹
> 比如她和她的闺蜜何等默契
>
> 再比如夏蝉
> 越是心烦,越是聒噪
> 舒适的标准似乎就只闪现在麻烦制造者一对薄翅里
> 还比如吸血不发声的母蚊子
> 餐桌上突然而至的绿头苍蝇
> 蝴蝶的翅膀一旦扇起凡尘,抖落
> 即是一个所谓效应
>
> 见与不见
> 不会像放之四海的真理

> 心知肚明的话
>
> 一脱口，随时可能响起一声闷枪
>
> 击中天籁
>
> 趁眼皮和嘴唇尚未张开，梦游
>
> 最好呈弹性地进行
>
> 而不像蝉蜕将来的脆裂
>
> ——《鸟鸣、眼皮和长翅膀的它们》

我相信，许多读者在读到这首诗的第一时间，肯定也像我一样茫然。题目"鸟鸣、眼皮和长翅膀的它们"，单个的词语，都可以完成一种意义指向，但这几个词语放在一起，却制造了一种无法明晰的含混。诗人究竟想表达什么，鸟鸣与眼皮是什么关系，长翅膀的和眼皮又有什么语义关联。这应该是所有人的疑惑。毕竟，一首诗的题目有责任提供正文的大概信息，而不是言不及义。这也是阅读者的基本心理。然而，诗人就是这样出其不意地把这些似乎有些隔阂的物象放在了一起，让你不得不顺着他的写作意志进入诗歌的正文。

"清晨，鸟鸣准时揉进眼皮深处／幽会"诗歌的第一句，仿佛一下子解开了我们的疑问。鸟鸣是鸟的，眼皮是诗人的。鸟鸣揉进眼皮，既是鸟与人的物理意义上的形态接触，更是一种私人意义上的心灵相遇。因为，诗人选择了一个充满情感指向的词语——幽会。这不仅仅是一个词语的选择，更是一种生命与生命之间相互回应的确认。鸟鸣与所有人都可以构成物理意义上的平行或对峙关系，但它只能与某一个特定的对象幽会。幽会不是一般意义上的会面，它有心心相通的前提，有进一步走进对方的意愿，有最终融为一体的无限可能。明白了这一点，这首诗似乎便有了准确的注脚。

但显然没有这么简单。在这一句之后，诗人没有就此而继续写鸟鸣，写"我"，写两者之间的共生与相互打开，而是笔锋一转，写"忘记 / 是毁约最好的闺蜜 / 理由充分，或完全不可理喻"，毫无征兆地突然从一种叙述转到了议论（人生的感慨）。这是一种冒险。因为，读者刚刚从题目的困惑中找到了一个自治的出口，但这种突来的议论瞬间又粉碎了刚刚建立的阅读喜悦，重新回到了另一种疑惑中：那幽会怎么会突然让诗人丧失了热情？这突来的毁约又究竟意味着什么？诗人经历了什么？这一切，缘何变得如此突然？然而，诗人并不理会这种突变，他依然是克制的，甚至是冷峻的。他没有给自己提供扎实可信的理由，他只是说"理由充分，或完全不可理喻"。这种模棱两可的解释，其实也就是没有解释。因为，它无法消除读者的疑惑，只能加深。

"规律要遵循，有时未必 / 人间可以创造奇迹"，这似乎是为上面的模棱两可做出回应。但同样是模棱两可的回应，诗人似乎始终在避免说出肯定的回答，他似乎深陷疑惑的旋涡，无法自拔。相信人间的奇迹，这原本是一种对想象的捍卫，也是一种深度的生命打量。然而，在这首诗中，它依然是对自我主体的不确定，是一种把自我悬置于更为辽阔的生命世界里的态度。在这种生命态度之下，先前的鸟鸣与眼皮的幽会，便不再是必然的期待，而是偶然的生命碰撞。对于读者而言，这是一种陷阱似的阅读过程，因为，它没有提供合乎常理与常识的生命规律与灵魂节奏，而是随时可以中断的生命关系。但是，对于诗人而言，这种处处显现出犹疑的叙述与逆转，一定有他心灵的条件与灵魂的机缘。

所以，接下来出现的夏蝉、蚊子、绿头苍蝇、蝴蝶，也就不再那么突兀与陌生。它们是另一种对应。夏蝉与它的聒噪，"舒适的标准似乎就只闪现在麻烦制造者一对薄翅里"；蚊子吸血不发声；突然出现在餐桌上的苍蝇；可以用翅膀扇动一场风暴的蝴蝶。这些生命的意义，并不是因为人类才有，它们自身即是意义。你喜欢也好，讨厌也罢，那只是人类的标准。在原始生命的版图中，它们各安其道，各依其时。它们开始有了差异，有了美丑，那并非世界的本意，也非它们的追求，而是人类对生命秩序的重新设定。从某种意义上说，任何一种蝴蝶效应，都不仅仅是一种自然现象，更是深层的心理革命。眼皮与鸟鸣幽会，眼皮与蝴蝶调情，但眼皮也可以厌弃蚊子与苍蝇。这里面自然有功利的原因，但除去那种生理上的刺激，从审美的意义上看，阳光下，蚊子和苍蝇，它们也拥有蝴蝶、夏蝉、鸟儿一样迷人的翅羽。如果放弃人类唯我的价值判断，那么，所有的生命都有同样的存在权利。这是一种更为广义的生命认同。对此，诗人是有体悟的。所以，他才会如此矛盾，如此犹疑，如此不确定地呈现他看到的一切，把对这一切努力以零度的情感状态表现出来。

"见与不见／不会像放之四海的真理／心知肚明的话／一脱口，随时可能响起一声闷枪／击中天籁／趁眼皮和嘴唇尚未张开，梦游／最好呈弹性地进行／而不像蝉蜕将来的脆裂。"诗的最后一节，诗人的表达不再那么暧昧，而是呈现出清晰的判断。他说，心知肚明的话，说出来可能就是一声闷枪；他说，最好的状态就是"趁眼皮和嘴唇尚未张开，梦游"。因为，说出世界最初的版图轮廓与边际，对于人类建立的秩序就是一种冒犯；因为，处于半梦半醒之间的生命状态，就能维系最初的生命关系，没有好恶，也没有悲喜，没有幽会，也没有躲避与厌弃。一切都是最好的样子，所有的事物都有弹性，所有的关系都没有裂痕。

说实话，这是一首让我颇费踌躇的诗歌。因为，它的主题和表达都含混多义。你完全可以把它读成一首情诗。它有情感变化的内在逻辑。情人是鸟鸣，而其他的蝉鸣、蚊子、苍蝇可以是外在的干扰。原本是一场甜蜜的幽会结束于尘世的纷扰之中。因而，诗人发出这样的感慨。或者说，介于说与不说之间两情相悦，是最好的情感距离与情感状态，因而，也最久长。这样的理解也同样说得过去。但是，对我来说，我还是倾向于前面的读解，那就是，诗人借助鸟鸣、眼皮与长翅膀的它们，表达了一种自然的生命观，叙述了一种潜在的心灵事件。在诗人看来，生命的世界应该是一个多元共生的世界，生命与生命之间，发生关系，出现好恶，那只是偶然事件。真正的生命伦理，不只有人类设定的一种衡量标准，它应该是多维度、多意义的。而这种认知与体悟，是对生命局限的一种感同身受，是对人类唯我论的一种自觉对抗。它诉求一种更为合理的生命期待与生命秩序。

二

可以这样说，老房子不是传统意义上的士大夫，他无意于在花鸟虫鱼中打发光阴、消磨生命，无意于风花雪月式的遣字造句、性情吟咏。他是现代意义上的知识分子，是有人文关怀的诗人。所以，在他的笔下，鸟鸣是一种基本的切入点。不论是写"梯子"，还是写"替夏天行道"的花草，他都忘不了加入鸟鸣的元素，让浊重的人世平添些自然的生机。这是诗人大生命观的继续，是他对尘世现状的精神观照与反思。他把世俗意义上的反叛情绪移植到自然生命的绽放，这不仅是对原始生命力量的礼赞，也是对忽略自然生命的人世秩序的反讽。所以，他虽然写鸟鸣，眼底还是生存的空间，心里还是生命的走向。"路过一座城市 / 猛然与城市标识遭遇 / 绿底白字，一柄箭头 / 对准雁阵。心悸 // 路过一座城市 / 记忆裹住雾蒙深处的啁啾 / 芦苇灰白漫过发际 / 往事蹒跚 / 追不上高速路绝尘尾气 // 路过的那一座城市 / 他不舍离去 / 就差那么一点点，一点点 / 现在的你愿不愿意"（《路过一座城市》）。在诗人眼中，城市作为文明的集结地，并没有带来生命的彻底解放，而是制造了更多异化的可能。无论是像箭头一样的城市标识，还是扑面而来的汽车尾气，无不让诗人感到陌生与窒息。因为，它们并没有遵循生命本来的节奏，而是一种强迫与裹挟。它不容你质疑，不容你停息，而是以它的速度带着你一路前行，不问因果，不问你是否愿意。

也正是在这种背景下，诗人才生出一种不知今夕何年的感觉——"风随你走了，还是／你随风而去／一只空壳的船／盛满孤寂／／浪停息了，还是／你屏住呼吸／水草不再摇曳／鸟的叫唤远挂在天际／／万籁俱寂，在／无欲无望中透析／我把血液洗净成蓝色／如你的眼睛／／或许，就此可以看见／我的来世今生／或许／根本就没有你"（《问》）。他开始怀疑，自己是否存在过，是否见证过。因为，他所见的都违背了本性，他所听的都没有因果。这是一种巨大的沉溺，是一种无法确认自我的迷茫。他必须从这种沉溺中走出来，在对人类历史与现实的打量中完成自身的重量与价值重塑。

"戏台／在历史脚下，吱呀摇晃／黄昏就此喘息／锣鼓喧天的日子全都离去／变脸的技艺剩了一半／斑鸠变出鸽子的白肚皮，再也变不回去"（《斑鸠变出鸽子的白肚皮》）。这就是我们熟悉的人世秩序，生旦净末丑，在舞台上变脸，在锣鼓喧天中远离本性。于是，我们一步步走向人性的反面，再也无法回头。而"小人们／站立成了墓志铭／他在暗物质里得意忘形"（《他纠缠着噩梦一个也不放过》）。对此，诗人是沉痛的。因为，这种任欲望泛滥的生命状态是侵略性的，它伤害了其他生命的权利，也强行改变了世界的格局。于是，"梦是迫不得已的起义者／把沿途的俘虏一一释放／如果要审讯它们／语言和肢体皆无从沟通／／远近皆叫响欲望"（《鸟话》）。然而，人们可以挟欲望之名涂改密码，却无法消除诗人心中最原始的生命版图。所以，他在沉痛地呼唤——"蛙呢，鸟呢，蝉呢？／此处无声／／河水哗哗／／有人捕鱼。你在树梢？他在田里？／我无处可寻／／鱼也，吾之所好，熊掌呢？／此处风声鹤唳／月比你们／／高了一座山，低了一溪水／山崖恶劲草／叫嘛，那些个东西"（《蛙呢，鸟呢，蝉呢》）。

诗人渴望那种生态之美、生态之趣，因为，它们才是原始生命版图的和谐，才是脱离了欲望泥淖的灵魂航线。在那里，"木鱼、洪钟、诵经声／香蜡纸钱／鸟鸣／／迎春花越过悬崖／'谁的路上／没有个金色禅院'／／狗尾草／摇着本命年的山门"（《狗尾草摇着本命年的山门》）；在那里，"一个甲子再一个甲子。而我／／在晴窗下细数着一阶石梯。一支牧笛／一朵蜡梅、一枝红杏、一树桃李……"（《风吹来布谷鸟旷远的秘密》）。在那里，即使是最卑微的草木也可以泼辣，在那里，即使是沉静中也可以听见来自记忆的诗意。这才是诗人理想中的自然状态，生命状态，人文状态。为此，他甘愿放弃红尘的名利，去呼唤那醉人的鸟鸣——

我们去鸟鸣
——去和它们交流
它们无拘无束，我们异想天开

它们有世上最尖锐的嘴，最不知疲倦的喉
而这个世界上
只有这些各色的喙有益无害
能够撬开最坚硬的灵魂
在神灵面前婉转

不要再依赖人机对话
语言和语言何其差异。同一种语言
尚且词不达意，冲突，甚至上升到肢体
成为议会大厅椅子、茶杯们
民主程度最高的声调

不同语言的各种表达，丰富成吊诡
面部丰腴、内心枯燥。随时
断电。死机
一场沙漠风暴
所有五官形同陌路

我们去鸟鸣
——去和它们交流
云雀、百灵、画眉、灰椋鸟，还有麻雀、布谷
多么和谐的大家庭。夜莺是它们中的贵族吧
我还是喜欢歌剧里的声音

可它们是最胆怯的
一个眼神便会惊飞，飞在
十二星座之外，十二生肖之上
告诉我，有什么好办法
我想去把鸟鸣捧回来
——《我想去把鸟鸣捧回来》

人世喧哗，但大多是言不由衷。所以，虽有语言而无交流，虽有声音而没有回应。这是欲望之下的人生常态。人来人往，车水马龙，每个人都在努力表明自己的尘世存在与物质价值，以修辞代替真诚，以分贝代替热情。在这种尴尬与错位的人间秩序里，滋生的是虚荣与虚无，缺失的是自然与本真。所以，诗人才会打算去倾听鸟鸣，和它们交流，因为它们无拘无束，因为它们没有名缰利锁。"它们有世上最尖锐的嘴，最不知疲倦的喉"，可以啄开最坚硬的保护壳，可以唱出灵魂的歌。它

们不会为狭隘的人类张目，只在神灵面前婉转。所以，它们与生命偕行，与灵魂同步。

"不要再依赖人机对话"，这是一种深刻的自省。因为，在物质化的交流中，人与人之间的交流尚且不可信，更何况那种基于数字的信息。在人们的努力下，语言已经不再是交流的唯一目的，而是在衍生出不同的修辞体系。在这些指向不同、目的不同的修辞体系中，语言开始失去了它最初的意义，开始有了暧昧的特征，开始有了别有深意的词不达意和冲突，开始"成为议会大厅椅子、茶杯们／民主程序最高的声调"。相同的词汇，不同的修辞，便可以让这语言产生出太多的意义。于是，生命在这种语言之下出现了分裂，出现了自我保护和自我掩饰，于是，内心与肉体分道扬镳，"所有五官形同陌路"。这是多么可悲的状况。而罪魁祸首，并非天外来客，而是我们自己。

诗人发现了这生命的尴尬，所以，他才会深情地喊出——"我们去鸟鸣／——去和它们交流／云雀、百灵、画眉、灰椋鸟，还有麻雀、布谷／多么和谐的大家庭。夜莺是它们中的贵族吧／我还是喜欢歌剧里的声音"，这不是百鸟朝凤的场景，而是所有生命共同编织生命版图的自由自在。在这里，没有尊卑，只有生命本身；没有敌意，只有和谐。这才是生命最高意义上的自由，是世界最高意义上的大同。

然而，诗人知道，这不过是一种遥不可及的理想。人类已经站在了自然的对立面，那些鸟儿，早已见惯了阴谋与杀戮，所以，它们是胆怯的，是逃离的，甚至是"一个眼神便会惊飞"，有什么办法吗？诗人在问，问自己，也是问众生，问所有的人。我们总不能生活在敌意中。我们应该拥有符合道义与人性的生命伦理与灵魂追问，与自然，与万物，与我们自己。这不是哪一个人的问题，而应该是所有人的哲学课题。诗人正是用诗歌的形式回应自己的心灵波澜，用这种远离尘嚣的鸟鸣回应尘世的困境。他想把鸟鸣捧回来，不仅是形式上的天人合一，更是心灵意义上的情感皈依。当然，在诗歌中，诗人并没有找到最佳的途径，他只是提出了问题。但是，这个问题本身，在生态文明已成为人类共识的语境下，具有了普遍的意义。

三

应该说，阅读老房子的作品并不轻松。除去他的大生命观的立意超出了大多数人的理解范畴之外，他的语言也并非我们熟知的话语方式。他的语言有点瘦，有点硬，也有点冷，类似于书法中的瘦金体。不求丰腴，只要骨骼。所以，词与词之间，句子与句子之间，节与节之间，显得有些疏离，甚至有些意外。但恰恰是这种语言的骨感，和诗人对生命与世界的认知构成了一种契合与平衡。诗人表达的不是物理意义上的现实，而是心灵意义上的现实。而心灵现实注定有一种超越逻辑的瞬间性与模糊性。所以，诗人有这样的语言选择，不仅是与诗歌的灵魂属性相契合，还体现了诗人对诗歌语言的高度自觉。在当下的诗歌写作中，老房子这种作品不讨巧。因为它没有处理我们熟知的生存疼痛与生命尴尬，因为它的冷峻与高蹈。但是，如果我们能静下心来，仔细想一想我们的生存空间，仔细听一听我们内心的律动，你自会明白：这样的诗虽不好读，但可以读到一种独特的精神吐纳，读到一种有别于一日三餐的生命成色与语言质地。

2020年6月29日夜

辛泊平　20世纪70年代生人，毕业于河北师范大学中文系。河北青年诗人学

会副会长,河北诗歌研究中心特约研究员。现居河北秦皇岛。在《诗刊》《人民文学》《青年文学》等海内外百余家报刊发表作品并入选数十种选本。著有诗歌评论集《读一首诗,让时光安静》《与诗相遇》,随笔集《怎样看一部电影》,历史小说《廉颇》等。曾获中国年度诗歌评论奖、河北省文艺评论奖。